桜花傾国物語

東　芙美子

講談社X文庫

目次

イラストレーション／由羅《ゆら》カイリ

桜花傾国物語

第一帖　傾国の星の下に

「大殿様が、馬場でお待ちでございます」

女の声に、藤原道長《ふじわらのみちなが》は寝返りを打った。

父の兼家《かねいえ》が、痺《しび》れを切らして呼びに来させたのだが、空が白む直前まで起きていた身体《からだ》が言うことをきかない。

「もう少し待っていただけないものか」

「お気が急《せ》いていらっしゃるご様子ですが……」

せっかちで気の短い父親を、早朝の馬場に長く待たせるわけにもいくまい、と道長はどうにか半身を起こした。

先ほどまで傍らで眠っていたはずの館《やかた》の女房は、昨夜《ゆうべ》の優しさはどこへやら、すでに身繕いをととのえ、きびきびと手水《ちょうず》用の盥《たらい》を運んでくる。

まだ数えで十五歳、少年の面差しを残す道長は、彼女に心身ともに甘えきっていた。ことに肌を合わせてからは、甘え方もより深くなった。

「ほとんど寝ていないのは、お前が一番知っているだろう」

「ほほ、朝露は陽《ひ》がのぼると消え去るものですわ」

寝床から離れようとしない道長へ、年嵩《としかさ》の女房は微笑《ほほえ》みかけた。どんなに可愛《かわい》く振る舞っても、これ以上は寝かせないという警告だ。

「今日は、こちらをお召しになるよう、大殿様からのお達しです」

女房が示した直衣《のうし》をちらりと見やった道長は、途端に眠気が吹き飛んだ。二藍《ふたあい》の色も爽《さわ》やかな、夏の装束だったからである。

「何を間違えている。母上の喪の最中だぞ」

父上であろうとも文句を言ってやる、と道長は寝床から飛び起きた。


三条大路を西へ向かう牛車《ぎっしゃ》の中から、右大臣・藤原兼家は四男坊へ声をかけた。

「のう、道長」

牛車に付き添う蘆毛《あしげ》の馬の鞍上《あんじょう》で、四男坊の道長はむくれていた。

陽気な質《たち》だがきかん気が強く、一度腹を立てたら怒り方も激しく深い。相手が親でも怒りを隠さずぶつけてくるのだから、兼家にしてみればさぞ扱いづらい息子だろう。

「わかってくれ、これはお前にしか頼めないのだ」

普段は居丈高《いたけだか》な父親が、珍しく下手《したて》に出てきたが、道長は許す気など毛頭ない。

元服と相前後《あい》して母の時姫《ときひめ》が亡くなったので、成人した道長の最初の仕事は、喪に服することだった。親の不幸に際しては一年の服喪が定められており、晴れがましい席へ臨むことも慎まねばならない。

「私は承服できかねます」

馬上の道長は、鋭く言い捨てると宙を睨《にら》んだ。

兼家が、自分の母以外にも多くの女性と関係を結び、子供をもうけていることは知っている。しかし、服喪期間である三月を待ちわびるかのように、喪服を脱ぎ捨て隠し子のもとへ喜びいさんで行く父の、その供にされるなど腸《はらわた》が煮えて仕方がない。

（よりによって、腹違いの弟の加冠の儀に立ち会えだと？　ふざけている）

兼家が冷や汗をぬぐいつつ語るには、道長には同い年の異母弟がいるという。その元服の儀式に参加してほしいというのだ。おおかた兄たちにも頼んでみて、けんもほろろに断られた末のことだろう。

道長は唇を引きゆがめた。


その人物は、藤《ふじ》の薫りとともに道長の前に現れた。

予想もしなかった姿に、右大臣家のきかん坊は言葉を失い、呆然《ぼうぜん》と弟を見つめた。目前の貴公子は、風が吹けばはらりと散ってしまう儚《はかな》い花のようで、とても同じ父の血を引く息子とは思えなかったのである。

政治の世界で豪腕をふるう兼家の息子たちは、揃《そろ》って覇気と自信に満ちている。だが紹介された少年は、浮き世離れした透明感に満ちていた。

（これが私の弟か？　こんなの宮廷に出仕させたら……）

息子の目の色を読んで、右大臣はかぶりを振った。

「言ってくれるな。毒蛇が衣冠束帯姿でとぐろを巻く宮中は、この子には危険すぎる」

殿上人は姿こそ優雅に整えていても、中身は野心と欲望に充《み》ち満ちた男の集団だ。弱い者を見つければ、集団でいじめもし、あらゆる形の暴力もふるう。

この異母弟が宮廷に入れば、上卿《しょうけい》どもが目の色を変えて奪い合うだろうことは、目に見えている。それほど彼は美しかった。道長もさすがに気の毒になってくる。

「否やが通じぬのが、宮仕えですからね。夜の付き合いが悲惨と見ました」

兼家は頷《うなず》き、深いため息をついた。乗馬や狩りを好む逞《たくま》しい道長と、ほの白く透けそうな少年との対比は、まるで絵に描いたかのようだ。

「……頼む。この子には、お前しか頼る兄弟《はらから》がおらぬ」

予想どおり、道長の兄たちは皆そっぽを向いたようだ。政治の世界で忙しく立ち回る彼らには、どこの馬の骨とも知れぬ男など、道具にもならないお荷物でしかないのだ。

一方の道長は、末っ子ながら自立心に富み、他人に頼られたいと思っている節《ふし》がある。そこに賭《か》けて、兼家はこの息子を持ち上げる戦法に出た。

「お前ほどの器量があれば、純平《すみひら》のよき相談相手にもなろう」

気をよくした道長は、弟の白い手を握った。

「よし。これからは私を兄として、頼りにしてほしい」

その手をそっと握り返した白皙《はくせき》の貴公子は、消え入りそうな声で返した。

「嬉《うれ》しゅうございまする、兄上。幾久しく可愛がってくださいませ」

くらりと目眩《めまい》を覚えた道長は、慌てて頭を左右に振った。世に断袖《だんしゅう》と呼ばれる男色がはびこるのも、むべなるかなと一瞬思う。

「よくぞ申した、道長。これで純平と一家も、安心ぞ」

「……一家？」

首をかしげる道長を前に、兼家はぬけぬけと次の秘密を吐き出した。

この純平、同居の従姉《いとこ》と元服前から契り、彼女はすでに子を宿しているという。

「花の顔《かんばせ》で、早くも業平《なりひら》とは恐れ入ったよ」

稀代《きたい》の好色家になぞらえて、道長はぼやいた。

まるでだまし討ちのような弟との対面後、加冠の儀につき合わされたのだ。

疲れ果てた道長は、おつきの女房を寝所へ連れ込むと、その胸へ甘えかかった。

突然現れた弟の生母は、百年以上前の帝《みかど》の血を細々と引く、貧乏貴族の姫君だったという。女道楽の激しかった兼家が、浮気心ではなくひたむきに愛し、ひた隠しに営んできた別の家族があったのだ。

（あの父上が、真剣に愛したのか……）

小さな屋敷《やしき》には純平の母と、その姉夫婦がひっそりと暮らしていたものの、じき女性は儚くなり、遺《のこ》された息子は伯母夫婦に育てられた。しかし、父の心づくしで手厚い教育を施された純平は、詩作と管絃《かんげん》の才には抜きんでているという。

「色好みの父上も、純平の母君だけは特別だったらしい」

人を人とも思わぬ兼家が、頰《ほお》を赤らめながら亡き女性とのなれそめを語る様を思い出して、道長は大仰にため息をついた。

「あれが恋狂いというものか、と呆《あき》れたよ」

「道長様も本当に人を愛せば、なりふりかまってはいられなくなりますわ」

そんな日が来るとは到底思えなかったが、今夜の道長は、守るべきものを得ただけでも十分に満足していた。遠くない将来には弟の子まで生まれるのだ。

「亡き母上には悪いが……」

誰かに頼りにされるなど、永らく末息子の立場にあった道長には貴重な体験だ。かつて味わったことのない満足感に、若い道長は酔いしれていた。

＊　＊　＊

世が乱れる時、まずは天空に異変が生じる。

暦にはない星が突如として現れ、天空の相が乱れ、その混乱を映したかのように地上に波乱が生じる。

たとえば風に乗って、波乱の予兆が運ばれてくる時もある。

「ふむ、季節でもないのに、どこからか桜の薫りが」

ひとりの陰陽師《おんみょうじ》が一筋の風にその薫りを聞きつけ、もうひとりが頷いた。

それと同時に、質素な牛車から身の丈二寸ほどの随身《ずいじん》姿の侏儒《しゅじゅ》がまろび出る。風の流れを辿《たど》りながら、侏儒は四条の辻《つじ》へと飛び去った。


藤原純平は、大きくせり出した妻の腹を撫《な》でながら、柔らかく語りかけた。

「早く会いたいものだ。若君かな、それとも姫か」

四つ歳上《としうえ》の妻・恵子《めぐみこ》は、元服を済ませた夫に安堵《あんど》の笑みを返す。

政治感覚が欠落している純平に兼家が用意したのは、雅楽寮の楽人の職だった。政争とは無縁の世界で、得意の楽才のみで生きられるからである。

「私は幸せ者だ。出仕も決まり、ほどなく可愛い子宝も授かるのだから」

「本当に。道長さまという頼もしい兄上もできましたし」

若い夫婦は幸せを噛《か》みしめていた。この幸せは、これから生まれてくる子によって、なおいっそう増すはずだった。――そう、突然の来訪者が現れるまでは。

恵子づきの侍女が、慌ただしく客の訪れを告げた。

陰陽寮《おんようりょう》の二大巨頭である賀茂光栄《かものみつよし》と安倍晴明《あべのせいめい》が、是が非でも会いたいと訪ねてきたという。これにはのんきな純平でさえ顔色を変えた。

妻を几帳《きちょう》の陰へと隠し、客を迎えた純平は身構えた。

年若い男は賀茂家の長男、そして年嵩の男が晴明だった。高名な陰陽師たちの表情は揃って険しい。掌《てのひら》に載るほどの小さな随身が、晴明の肩から飛び降りて、几帳の裾《すそ》を引っ張った。

晴明の見透かすような鋭い視線を遮ろうと、純平は几帳の前に立った。

「我が妻に、いかなる用がありましょうか」

するると、ふたりの陰陽師は同時にかぶりを振った。

「そなたの妻にではなく、お腹《なか》の子に異変を感じたゆえ」

それを聞いた恵子は、扇で顔を隠しもせずに几帳の奥から飛び出してきた。頼まれもしないのに陰陽師が押しかけるほどの異変だ。母親としては訊《たず》ねずにはいられなかった。

「この子に何が？」

年若い光栄が、ゆっくりと夫婦を見やった。

「月が満ちれば、珠《たま》のような姫君が生まれるでしょう。それも類《たぐ》い稀《まれ》な」

「珠のような……」

若い夫婦が安堵しかけたのを断ち切るように、年嵩の晴明がつづけた。

「その子は乱世の元となる。楊貴妃《ようきひ》や西施《せいし》のごとき〝傾国〟の女性《にょしょう》です」

「長ずれば、帝をはじめとする貴顕が我が物にせんと競い合い、国は乱れ民は嘆く。いずれ姫君は諸悪の根源として憎まれ、民草に八つ裂きにされるやもしれぬ」

「生かしておけば災いを招く。死んでいただくしか道はない」

静かだが確固たる声で、陰陽師たちは腹の子の宿命を告げる。

「そ……、そんなことはさせませぬっ」

恵子は腹を庇《かば》ってしゃがみ込んだ。

「この命に代えても、和子《わこ》には指一本触れさせませぬ」

母の瞳《ひとみ》に滲《にじ》む必死の色に、陰陽師たちは目配せした。すでに何かを決めているようだ。

「姫君には、死んでもらわねばなりません。しかし」

涙を滾《たぎ》らせた恵子の顔を、光栄はのぞき込んだ。

「お子を助けるためなら、命に代えてもとおっしゃいましたな」

「当たり前です！」

「ならば、これからは我らに従っていただきましょう」

「助けていただけるのならば、何でもいたします！」

「お願いでございます！」

純平と恵子の嘆願に、ふたりの陰陽師は声を揃えて告げた。

「では、その姫は……若君としてお育てになりますよう」

あっけにとられた夫婦の側《そば》で、小さな随身がぴょんと、とんぼ返りを打った。


男児誕生の知らせを受けた道長は、すぐさま喪服を脱ぎ捨てると、愛馬へまたがった。

――甥《おい》っ子が生まれた！

純平に似たきれいな子だろうか。自分にもどこか似ているだろうか。

手綱を握る手に力がこもる。

――純平は優しすぎて頼りない。私がこの手でしっかりした男に育てなければ。

風が吹くだけで舞い散ってしまいそうな貴公子など、弟ひとりで十分だ。甥には宮中にあっても、吹き抜ける緑風のように爽やかな男に育ってもらいたい。

宮中の陰謀や恋愛遊戯に、十六歳の道長はまだ縁遠かった。目下のところ、産声《うぶごえ》をあげたばかりの赤子のことが、もっとものの大事である。

その子が傾国の星の下に生まれたとはつゆ知らず、都の大路を馬で駆った。

女として生きれば国の乱れとなる――。

その宿命をかわすために「花房《はなふさ》」と名づけられた赤子は、祖父や伯父にも真実を隠されたまま、男児として生を受けたのだった。

第二帖　殿上童《てんじょうわらわ》と守り刀

「わあっ、馬がいっぱいだ！」

馬場へ引き出された数頭の馬を見て、子供たちはわっと声をあげた。

摂政・藤原兼家《ふじわらのかねいえ》邸の馬場には、全国の受領《ずりょう》から贈られた名馬がひしめき合っている。

兼家は他の上級貴族へも気前よく馬を贈るので知られていた。こうした贈り物で手なずけなければ、いざという時に味方になってはくれない。貴族の付き合いの多くは、賄賂《わいろ》や駆け引きで成り立っているのだ。

「花房《はなふさ》、乗りたいか」

道長《みちなが》は甥《おい》っ子をひょいと肩の上に抱え上げると、どの馬に乗りたいかと訊《たず》ねた。

「あの、黒い馬がいい」

「青嵐《せいらん》か。いい見立てだ」

純平《すみひら》の子・藤原花房は、伯父にすら本来の性別を知られることなく、すくすくと成長していた。

初めての乗馬で風を切って走る喜びを知ったあと、花房は道長にしきりと乗馬をねだるようになっていた。

「よし、今日は青嵐に乗せてやろう。しっかりつかまっていないと、振り落とされるぞ」

「落ちません！」

道長の脅しにも、花房はびくつかない。どれほどの俊足か試したくてたまらないのだ。

早いもので、花房も数えで六つになった。

好奇心旺盛《おうせい》で頭の回転も速く、まっすぐな気性と明るい瞳《ひとみ》を持っている。

会う者すべてを虜《とりこ》にする、まさに桜の化身のような華やぎが花房には備わっていた。

そして不思議なことに、花房の身体《からだ》からは桜の薫りが常に溢《あふ》れていた。

その薫りこそ、陰陽師《おんみょうじ》たちが恐れた〝惑わしの香〟である。

兼家の屋敷《やしき》の女房たちは、自慢の甥っ子を目の中に入れても痛くない様子で可愛《かわい》がる道長を見て、「まるでこちらが父親のようだ」と笑う。現に、花房の実父である純平に対して、道長は兄という立場を取っているが、同じ二十一歳だった。

「花房は、馬が好きか」

「はい、大好きです」

「いい子だ」と道長は、鞍《くら》へ花房を抱き上げた。

その様子を羨《うらや》ましげに見つめる子供たちの視線に気づいて、道長は笑い返す。

「おい、チビどもを乗せてやれ」

家司《けいし》の手で男児ふたりも馬に乗せられ、大はしゃぎだ。こちらは花房の乳兄弟・賢盛《かたもり》と陰陽師賀茂《かも》家の男児・武春《たけはる》である。ふたりは常に、花房と行動を共にしていた。

力強い腕で抱えられながら、花房は風をめいっぱい感じる。道長は鞍の前に花房を乗せていても、馬を駆る時は全力疾走だ。手加減などしてくれない。

空を飛んでいるような爽快《そうかい》感と、馬との一体感。ゆっくり動く牛車《ぎっしゃ》では決して味わえない感覚だ。

「自分で乗れるようになったら、もっと馬が好きになるぞ」

花房は嬉《うれ》しくなって、伯父の腕につかまる手へ力をこめた。こうやってふたりして、いつまでも走っていたかった。

ひとしきり馬を走らせた道長は、額に浮かんだ汗を手の甲でぬぐった。

宮仕えの身なれど、暇を見つけては馬に乗っている道長の陽《ひ》に焼けた肌は、化粧をしても隠しようがない。鍛え抜いて筋骨逞《きんこつたくま》しい身体は、宮廷貴族というよりも武人のように見えた。

この夏、花山帝《かざんてい》が出家し、道長の姉の子である親王が践祚《せんそ》して一条帝《いちじょうてい》となった。それに伴い、道長も一気に出世した。帝《みかど》の秘書官である蔵人《くろうど》の他に、少納言《しょうなごん》と左少将を兼任したのだ。

出世すれば当然、結婚話も持ち上がる。兼家の息子と縁づきたい上級貴族たちから、我が娘はどうかと話はいくつも舞い込んだが、当の道長は、のらりくらりとはぐらかしてきた。女より馬に魅力を感じるし、甥の花房と遊んでいると、結婚などどうでもよくなってしまうのだ。

「道長、いつまで馬と遊んでいる？」

のんびりとした声で呼びかけられ、道長は振り返った。兄の道隆《みちたか》が息子の伊周《これちか》と隆家《たかいえ》を連れて、大仰な呆《あき》れ顔をつくっている。

「兄上、今日は非番です」

「だからこそ、主上《うえ》の御許《みもと》へ参じるべきだろう」

道長は帝の身の回りを世話する蔵人として仕えてはいるが、今日は当番ではない。それで馬と戯れていられるのだが、道隆にしてみれば、何の役にも立たない甥にかまう暇があれば、帝のご機嫌取りに伺って点数を稼げと言いたいのだ。

一条帝は道長の姉が産んだ子だが、まだ七歳の幼さゆえ、兼家が外祖父として政治の実権を握っている。一族にとって大切な〝道具〟である幼帝には、寸暇を惜しんでご機嫌を取り結んでおけということだ。

伯父たちの会話に、花房はそっと顔を上げた。

従兄《いとこ》の伊周が、優しげだが不憫《ふびん》がる視線をこちらへ投げかけていた。一段低い出自の者と、ひそかに見下しているのだ。

その眼差《まなざ》しが、花房は嫌いだった。祖母が正妻ではないというだけで、どうしてこんなふうに憐《あわ》れまれなければならないのだろう。

伊周の弟の隆家に至っては、むき出しの侮蔑《ぶべつ》の表情を浮かべている。

「お前、今日はお祖父《じい》様に、何をおねだりに来たんだ？」

蔑《さげす》みの言葉に、花房の頰《ほお》がカッと熱くなった。祖父の兼家や伯父の道長が可愛がってくれるのは嬉しかったが、何かをねだろうというさもしい気持ちは持ち合わせていない。

花房に付き従う賢盛の細い眉《まゆ》が撥《は》ね上がる。ひとつ歳上《としうえ》のこの乳兄弟は、幼いながらも従者の自覚を持ち、花房を守るためならば命を捨てる覚悟をしている。主人を侮辱された賢盛は当然、戦う顔つきとなった。

道長も、ふてぶてしい言いぐさに頰をひきつらせた。まだ八つの隆家が、そのような嫌味を言う裏には、母親の影響があるのだ。

「高階《たかしな》の義姉上《あねうえ》も困ったものだ……」

道長は、兄に聞こえないようにひとりごちた。

道隆が惚《ほ》れ込《こ》んだ妻・貴子《きし》は貧しい学者の家の出で、学識こそ豊かだったが、品性の点では難があった。貧しさに苦しんで育った分、さもしさが抜けず、花房を贈り物攻めにする舅《しゅうと》や義弟の気前のよさが気にくわないのだ。

花房は従兄を睨《にら》みつけた。

「私は、お祖父様に物をねだったことはない。今日だって馬に乗りに来ただけだ」

「ふん、図々《ずうずう》しい」

「これ隆家、花房もお前と同じ、父上の孫だ。仲よくしてあげなさい」

仲よくしてあげろなどと憐れみをかけられたことに、花房は拳《こぶし》を握りしめた。しかし伯父の道隆や隆家へ口ごたえなぞしたら、あとで父が何を言われるかと思えば、どれほど悔しくても黙って耐えるしかない。

見かねた道長が、無神経な兄に抗議した。

「我らが母上よりも、花房の祖母殿の方が、父上には大切にされていましたよ」

「道長。それを何とも思わぬとは、お前も母《おや》不孝な」

「そう思うのでしたら、兄上もせいぜい正妻殿を大切になさるがいい」

道隆も貴族のならいに従って、正妻以外の女たちのもとへ通っている。家柄も見目もよいため、恋を語る女性には事欠かないのだ。もっとも正妻の貴子にだけは、頭が上がらないらしいが……。

貴子には、人としての優しさが足りない。そんな女から見れば花房は、舅の兼家から金品をかすめ取っていく盗《ぬす》っ人《と》同然の存在で、日頃繰り返している陰口が積もり積もって、子の隆家の暴言につながってしまったのだろう。

道長は薄く笑いながら、花房に囁《ささや》いた。

「花房、隆家の悪態になぞつき合っていたら、あやつの母親みたいに角《つの》がはえるぞ」

「なっ、何を言う！」

年若い叔父に母親を悪《あ》しざまに言われた隆家は、それきり言葉を失った。

「兄上があちこちの女へ通うから、悋気《りんき》を起こして角がはえていると評判だろう」

「道長、やめよ。子供に聞かせる話ではない」

慌てる道隆としょげ返った隆家を放りだし、道長は花房と従者の賢盛を手招いた。その
あとからもうひとり、賀茂武春が静かに従う。

「チビども、鬼の角《つの》がうつる前に退散だ」


東三条邸《ひがしさんじょう》から帰る牛車の中、乳母は収まらぬ怒りに震えていた。

「なんと失礼な方たちでしょう。花房さまを物乞《ものご》いのように侮辱して！」

「道隆の伯父上よりも、ひどい失礼は隆家だ。私がお祖父様に物をねだるなど」

「あのじいさまは、花房へ物をやるのが楽しみなんだ」

乳兄弟の賢盛は、牛車の中に積み上げられた衣箱を目で数える。兼家にとって、花房は
可愛くてたまらない存在なのだ。溢れんばかりの衣装を、花房ばかりか従者の賢盛にまで

用意してくれるのだ。これでは、惣領《そうりょう》息子の妻が警戒するのも当然だろう。

「菜花《なばな》の局《つぼね》、帰りに我が家へお寄りください。光栄《みつよし》さまが、いつものものをお渡ししたいと申しておりました」

兼家が持たせた唐菓子を頰張りながら、武春が今日一番に大切な用事を、花房の乳母へ告げた。忘れないようにと手首に赤い糸を巻かれ、念を押された伝言である。

「いつものもの」と言われて、花房の乳母は怒りを引っ込め、真顔に戻る。

それがあればこそ、こうして道隆親子の無礼な態度にも怒っていられるのだ。それを切らしたが最後——。

陰陽師・賀茂光栄の邸宅は、花房の家と隣り合わせにある。

花房が生まれる前に、突然の方違《かたたが》えを告げられた純平が、光栄の言うがままに住居を移したためだった。

傾国の種を生かすと決めたからには、近くに置いて見張らねばならない——。

それが陰陽師・賀茂光栄が決めた道だった。

「乳母どの、そろそろ切れる頃かと思い、お呼びたてしました」

光栄は歳の頃、四十の半ば。菜花の局にとっては親の歳に近いが、不思議と年齢を感じさせない。鬼や式神を使う異能の人だというのに、実に気さくなため、安心して何でも相談できた。本当に何でも。

「聞いてください、光栄さま。道隆さまの若君たちの態度ときたら」

「疎まれているのは、これが効いている証《あかし》です。むしろ喜ばねば」

陰陽師は、香壺《こうご》を納めた塗り箱を局の前に滑らせた。

「この〝反射の香〟がなければ道隆殿は今頃、花房様を攫《さら》って館《やかた》へ連れ帰っています」

「おいたわしい……」

「そう、屋敷の奥へ隠そうが、山へ閉じ込めようが、多くの者が血眼《ちまなこ》になって捜しだし、奪い合ってしまうのです。とてつもない不幸ですよ」

だから、と陰陽師は香壺に視線を投げかけ、乳母はそっと袖《そで》の端で目頭を押さえた。

孫が帝位についたおかげで、藤原兼家も右大臣から摂政へと位を極めた。

その兼家が愛してやまない孫娘ともなれば、ゆくゆくはよい縁談など降るほどに舞い込むだろう。少年のなりをしていても、その美しさは衣から光がこぼれるほどだ。当代一の后《きさき》がねですらあるというのに、その花房を男と偽って育てなければならない。

それはひとえに、生まれた時から花房がまとう、人を惑わす薫りのせいだった。

花房が放つ桜の薫りを、陰陽師たちは〝惑わしの香〟と呼んだ。

それと感じる前に人の裡《うち》へと入り込み、恋心を駆り立てる〝惑わしの香〟は、花房をどこかへ閉じ込めたくらいでは防ぎきれない。その薫りに引きずられて、多くの者が理性を失い、彼女を追い回す。それが花房に課せられた、生まれ落ちる前からの運命《さだめ》だ。

人から愛されるのは幸福だが、それも過ぎれば不幸を招く。

「きれいな顔なら隠して済みますが、薫りを防ぐのは厄介です」

〝惑わしの香〟は嗅いだが最後、人の理性を失わせてしまう。放っておけば花房を奪うために、殺し合いすら起きかねない。

「花房さまが不憫でなりませぬ」

乳母はもう一度、目頭を押さえた。

生まれつきの薫りは封じ込められない。しかし陰陽師たちは、薫りを反転させる〝反射の香〟なるものを調合し、〝惑わしの香〟の威力を弱めることにだけは成功した。

柑橘《かんきつ》花からつくられた〝反射の香〟は気分を落ち着かせる。恋に浮かれ立った興奮を、穏やかな気分にさせるのだ。

こうして花房は幼い頃から、衣に〝反射の香〟を焚《た》きしめ、耳の後ろには練り香をすり込んで難を逃れていた。

「どうか乳母殿、〝反射の香〟は欠かさぬよう、用心の上に用心を」

「はい、それは」と自分へ言い聞かせるように菜花の局は返した。その面にふと悲しみがよぎる。

「このまま姫としてお育ちになれば、世の幸せは花房さまのものですのに」

「なりませぬな」

光栄は、乳母の嘆きをぴしゃりと封じた。

「兼家殿を祖父に持って、女子《おなご》が幸せになるとは思えませぬ」

政治の頂点を極める者にとって、同族の姫は政略結婚の道具にすぎない。まずは皇族へ嫁がせ、相手が帝位につけば、実家一族は外戚《がいせき》政治へと乗り出して実権を握る。

娘の詮子《せんし》を先々代の帝に嫁がせ、その子を一条帝へと仕立て上げた兼家から見れば、見栄えのよい孫娘は、皇室へ打ち込む次の楔《くさび》に他ならない。政治の世界で、いいように利用されるのは目に見えていた。

「それに女子となれば、身内の殿御も目の色を変えましょう」

ふと光栄が視線をそらすと、庭で賢盛や武春と蹴鞠《けまり》に興じる花房の姿が目に入った。

俊敏な動きを見せるふたりの男児に決して劣りはしない。賢盛と武春が鋭く動けば、花房は踊るように鞠を操る。鞠の扱いひとつとっても、幼いうちから個性はあるものだ。

「頼もしい。いずれは蹴鞠の名手として、宮中で人気者になる」

「花房さまは、このまま男のなりをしていれば、無事に過ごせるのですか？」

光栄は苦くかぶりを振った。

「それは何とも。いかに陰陽の賀茂家を名乗ろうとも、未来の何もかもを見通せるわけではない。だが、手は打っている」

花房には乳兄弟の賢盛の他にもうひとり、光栄の従弟《いとこ》にあたる武春がついていた。

武春は花房よりひとつ歳下で、今は幼く頼りにはならない。だが、ゆくゆくは相談相手くらいには育ってほしいと光栄は願っている。

「秘密を知り、守ってくれる友が、花房殿には必要だ。武春が何らかの助けになれば」

「はい、勿体《もったい》ないお心遣いで」

三人の子供が鞠を回し合ってはしゃいでいる光景は平和そのものだったが、大人たちの目には、厄災の種を背負った子供と、一対の守り刀に見えた。

無垢《むく》なまま育てられればどれほど幸せか、と乳母は思う。宮中で女房づとめをしていた彼女は、宮廷にひしめく貴族たちがいかに欲深で陰湿かも、経験としてよく知っている。

——たとえ男のなりをしていても、花房さまには危険が山ほど……。

菜花の局が心配げに眉をひそめたので、光栄は低い声で警告した。

「道長殿には、気をつけられよ」

「は……？　道長さまを？」

目を丸くした乳母に、陰陽師は頷《うなず》いた。

「道長殿は、陽の〝気〟が強すぎるお方。その波動には、よいものだけでなく、悪いものも吸い寄せられて乱を起こす」

陰陽師の視線の先には、花房がいた。

「もしも花房殿の秘密が知れれば、道長殿も穏やかではいられぬかもしれぬ」

菜花の局は顔色をなくした。花房の後見人として頼りにこそしていたが、そのような危険には想像が及ばなかったのだ。道長が火のような気性の持ち主であることは、よく知っている。時には剛胆な父親の兼家さえ、舌を巻くほどの気の強さを見せる男だ。

「道長さまも味方ではない、と？」

「女子と知られなければ、心強い味方です。しかし、花房殿の背負う宿業は大きい。道長殿のはらむ〝気〟と呼応し合えば、何が起こるかわからぬゆえ」

最も頼りになる者が、最も警戒せねばならぬ者だ、と陰陽師は表情を曇らせた。


兼家一家のあれこれを差配する家司たちは、大半が中級から下級の貴族である。藤原氏の長である〝氏長者《うじのちょうじゃ》〟の兼家に個人的に仕えることで、宮中での官位や任官に融通をはかってもらう、持ちつ持たれつの関係だ。

道長にとって家司たちは、同じ貴族と見る前に、単なる使用人なのだ。

そんな家司のひとりが世間話に取り混ぜて、某貴族の姫君が美しいとの評判をそれとなく伝えてきた。明らかに、道長の反応を探っている。

多くの貴族がひしめく邸内で、四男坊の若として大切に育てられてきた道長は、大らかな気性のまま大人になったが、さすがに二十一にもなると、自分の立ち位置を意識せずにはいられなかった。

――兄の補佐をして、このまま過ごすのか。

道隆は道長より十三も歳上だ。さらに同母の道兼、異母兄の道綱《みちつな》と、上には兄たちが連なっている。彼らがいる限り、道長が藤原氏の〝氏長者〟になる機会は訪れない。

それが末っ子の宿命だと受け入れてはいたが、父と兄の七光りだけで生きていくのは、内心面白くなかった。

婿とり婚が一般的な世にあって、男の出世は、妻の家柄や岳父の後ろ盾なしには成立しない。だが道長に持ち込まれる縁談は、どうせ頂点を極められない男と行く先を読んで、ほどほどによい話しかない。

道長の兄・道隆は惣領息子ゆえ、妻の実家に力がなくとも、実父の兼家が全力で支えもしたが、末の道長にそこまで父が尽力するとは思えない。よい妻を見つけて義父に支えてもらえと、半ば見切られている。

妻の家柄が出世を決めるなら、名門の女性を妻としたいのが、道長のみならず貴族の男たちの偽らざる本音だ。

――駿馬《しゅんめ》の血なくしては、馬とて名馬にはならぬ。私を引き上げてくれる、とびきりの女性が欲しい……。

妻選びを馬に喩《たと》える道長は、宮中の政争よりも競《くら》べ馬《うま》を好んだが、おのれの一生を左右する妻選びだけは慎重にせねばならぬ、と気を引き締めてもいた。

一夫多妻婚が普通とはいえ、正妻だけは色恋抜きできちんと選ばなければ、道長には浮かぶ瀬もない。兄に寄りかかったまま、これといって目立ちもしない上級貴族のひとりとして生涯を終わらねばならないのだ。

――勝ち馬を見定めて、その背に乗らねば。

名だたる家の姫君たちもまた、名門の御曹司たちの情報をひそかに集め、誰を婿にしたらよいかを探っているはずだ。条件のよい者は男女とも競争率が高く、道長が目をつける姫には当然、他の貴公子も白羽の矢を立てる。

家司から寄せられる姫君の噂《うわさ》を検討する道長も、人の噂と条件だけで生涯の妻を選べと言われたところで心は重い。顔を合わせるどころか声すら聞いたこともない相手を想像力だけで追い求めるのは、風流の心を持たぬ道長には、いささか荷が勝ちすぎていた。

「これが馬ならば、迷わずに送ってもらってだな……」

気に入らなければ送り返すなり、他人に下げ渡すなりもできるが、如何《いかん》せん正妻ともなると馬のように気軽に呼び招くわけにもいかない。

「せめて姿形なりとも、きちんと知りたいところだ。こちらの一生を預けるからには、血筋がよくて、賢く美しい女でないと」

道長の言葉はどう聞いても名馬を選ぶ調子だ、と家司は呆れる。今度の狩り用に、一番速く走れる駿馬を探せと命じてくれた方が、彼らにしてみればよほど簡単であった。

「お家柄のよさでは、左大臣家の倫子《りんし》さまに勝る方はいらっしゃいません」

「確かに。左大臣の源 雅信《みなもとのまさのぶ》殿は宇多天皇《うだてんのう》の孫。源氏の者と縁づけば、私にも箔《はく》がつく」

皇統の源氏姓は、官位と異なり、金や権力で売り買いできるものではない。だからこそ、他の家の公卿《くぎょう》たちは源の血を尊ぶのである。

「最高の姫か。娶《めと》るに不足はない。あとは、どんな女かが問題だ」

道長は、自分の代わりに源氏の姫を見極めてくれるだろう者にしばし思いを巡らせて、ぽんと手を打った。

「花房がいるじゃないか。あれを忍び込ませればいい」

童子なら、良家の姫に相見《まみ》えても咎《とが》められることはない。

そもそも馬を見る目のある花房だ。妻にする女も見定めてくるに違いないと、道長は頬をゆるませた。


四角く囲われた馬場に、荒々しい蹄《ひづめ》の音が響いた。

馬たちのいななきと荒い息づかいに混じって、男たちが声をあげ、汗を散らす。

「行ったぞ！」

「まかせろっ」

騎乗したまま杖《つえ》で毬《まり》を毬門《きゅうもん》へ打ち込む「打毬《だきゅう》」の稽古《けいこ》で、東三条邸の馬場は熱気に満ちていた。

若い貴族が馬を駆り、腕を競う中、馬の扱いがひときわ光るのは道長である。

打毬は、馬の扱いに長《た》けた者にのみ許された競技だ。狭い馬場で馬に乗ったまま毬を追いかけるのだ。手綱と声とで馬を小刻みに走らせ、方向転換させてと、高度な技が必要なため、初心者は競技の輪に入ることすらかなわない。事実、道長に招かれている者は、彼が少将をつとめる左近衛府《さこのえふ》の武官をはじめとした、馬の上手ばかりだった。

「伯父上は、かっこいいなあ」

見とれる花房に、賢盛と武春は同調して頷く。

「私も早く、ああなりたい」

「なれるとも」

平然と賢盛は相づちを打つ。花房が女児だと露見しなければ、数年後は、あの輪の中に入れられるだろう。

武春はといえば、花房の遊び友達というだけで、とてつもなく恵まれた環境に置かれているのだと、従兄《いとこ》の光栄から事あるごとに言い聞かされている。本来ならば、摂政家へ遊びに行き、道長に可愛がられる立場ではないのだ。

道長は花房に何かを贈る時、従者の賢盛と、おまけのようについてきた武春に対しても、必ず用意をしてくれる。人を愛する力があり余り、誰かが喜ぶ顔が見たくてたまらない、生気に満ちあふれた人物だ。

巧みに馬を操り、力強く杖をふるって毬を打つ道長の姿は、武春も憧《あこが》れるところだった。しかし、武春の将来は生まれながらに決まっている。安倍晴明《あべのせいめい》の師として名高い陰陽師・賀茂忠行《ただゆき》を祖父に持ち、その後継者・光栄を従兄とする武春には、陰陽の道以外に進路はない。

——花房が俺を呼んでくれなければ、今日だって家で勉強ばかりしていた。

陰陽師は暦道と天文を学ぶことで陰陽五行の理論に通じ、世の事象を占うのが仕事だが、まずは森羅万象の法則を読み解くことが第一義とされる。そのため、占いの技術はもとより、古今東西の事物を学ばねばならず、生涯、書物の山に埋もれて過ごす。

遊びたい盛りの武春は、かび臭い書物が積まれた部屋から、明るい馬場へと引っ張り出してくれる花房が好きだった。

そして何よりありがたいのは、道長の大らかな愛情である。馬場へ招く時も、小弓を教えてくれる時も、従者の賢盛を交えて、三人一緒に面倒を見てくれるのだから。

——道長さまは、いい方だ。

先だっては、花房へ子供用の鞍をあつらえたついでに、武春と賢盛にも同じものを用意してくれた。三人一緒に乗馬の稽古ができるようにという道長の配慮だ。

馬場の闘いに武春が見とれていると、花房がうなった。

「伯父上、うまい！」

毬を杖に引っかけ、行く手を蹴散らすように馬を一気に走らせると、迷いもなく毬門へとたたき込む。馬の操縦の腕だけでなく、荒っぽいぶつかり合いも恐れない気の強さが要求される競技だ。剛胆な道長にはうってつけの遊戯だった。

「賢盛、武春。いずれは私たちも伯父上と一戦交えよう」

嬉しげな花房の声を聞きつけ、背中を小突いた手があった。隆家である。

「お前なんか一生かかっても、馬には乗れまい」

叔父の道長が打毬をすると聞いて隣の館から来た隆家は、花房の姿を見つけると、迷わず突き飛ばしたのだ。

「何をする！」

「お前みたいなチビが馬に乗るなんて、大笑《ばか》いだ」

隆家は、ふたつ歳下の華奢《きゃしゃ》な従弟を馬鹿にしきった目つきで見下ろした。

「さっさと家へ帰って、せいぜい笛でも吹いてろ」

官位の低い楽人の子のくせに、と隆家は花房の父親まで馬鹿にする。

「お前は失礼だ、隆家。それ以上言ったら、許しはしないぞ」

「何ができるってんだよ、チビ助。俺の父上は、この家の長男だぞ」

「そこまでだ」

さらに悪態を並べようとしていた隆家は、肩口を杖で押さえられ、その手の主を見上げた。馬から下りた道長が、紅潮した顔をしかめていた。

「これ以上、花房を侮辱するなら、お前の口を膠《にかわ》で貼《は》りつける」

「な……っ」

「花房にかまう暇があったら、お前こそ馬の稽古をしろ。こないだ落っこちたくせに」

思わぬ恥の暴露に、隆家は真っ赤になった。無茶な手綱さばきが馬に嫌われて、振り落とされたのを、道長に笑われたのだ。

「叔父上、花房の前で言うなんて、それこそ侮辱です！」

「そうか？　少なくとも花房とこのふたりは、馬に嫌われるようなヘマはしない」

やり込められた隆家は、ふんと鼻を鳴らして馬場を立ち去る。だが、去り際に捨《す》て台詞《ぜりふ》を吐いていくのは忘れない。

「花房、いつも叔父上が庇《かば》ってくれると思ったら、大間違いだぞ」

隆家が、顔を見れば嫌味を言うのはいつものことだ。すっかり慣れてしまった花房だったが、なぜ毎回絡んでくるのかはわからない。

「私のお祖母《ばあ》さまが、そんなに気に入らないのか」

すでに亡くなった祖母のせいで嫌われても、自分の責任ではないと花房は思う。

「単にお前の顔が気に入らないんじゃないか」

賢盛は、あっさりとひどいことを言う。

肌が抜けるように白く、華やかな容貌《ようぼう》の花房を、誰もが可愛らしいと手放しで褒める。

一方の隆家は、赤ん坊の頃から男らしい顔立ちと逞しい骨格の持ち主で、宮廷人が好む雅《みや》びを一切感じさせない雄々しさである。

「たぶん、お前に焼き餅《やもち》をやいているのだ」

主家の若君に対して平然と毒舌を吐く賢盛に、道長は楽しげに笑った。

「確かに、花房や賢盛と比べたら、隆家はシブキのようなものだな」

シブキとはドクダミのことだ。

幼くとも美貌《びぼう》の片鱗《へんりん》を見せる花房と賢盛の、いずれ育ち上がる姿を想像して、道長は眉《まゆ》尻《じり》を下げた。ふたりを連れ歩けば、貴族連中がどれほど羨ましがることだろう。

「せいぜいきれいに育てよ」

失礼な期待だが、花房は褒め言葉と受け取っている。一方、賢盛は警戒の表情を浮かべた。伯父といえども気を許すな、と母親の菜花の局からきつく言い渡されているためだ。

「それにしても三人には、たんまりと礼を弾まねばいけないな」

打毬の杖を従者へ渡した道長は、花房を軽々と抱え上げた。

「花房たちが偵察してくれたおかげで、俺もついに話が決まった」

「伯父上、それでは」

「ああ、左大臣家の姫と縁組みするぞ」

三人の童子は歓声をあげた。とうとう道長が結婚するというのだ。


左大臣家の姫の人となりを知りたいと、道長が送り込んだ三人の小さな斥候は、偵察から帰ってきて倫子を褒めちぎった。

「菓子の山で買収されたのではあるまいな？」

疑わしげな伯父に、花房はかぶりを振った。

「凜《りん》として美しいのです」

「つまり気が強そう、ということか」

「いえ、落ち着いた声で話し、よく笑う方です」

賢盛の分析は冷静だった。単純でお調子者の道長には、倫子のようなしっかり者の女性がふさわしいと言うのだ。生意気な意見だが、文句をつけようがないほど真実味がある。

道長は複雑な表情で唸《うな》った。

「目が澄んでいて、優しかった」

緊張して満足に姫と会話できなかった武春も、それなりに観察はしていた。

陰陽師の家柄ゆえか、悪しきものを抱えた人物をひと目で見抜く武春は、館に満ちる穏やかな空気を好ましく感じたのだと、言葉少なに主張する。

「直接会ったお前たちの目を信じると、妻にするには最高の女というわけだ」

その報告で俄然《がぜん》火のついた道長は、倫子へ熱心に文《ふみ》を送るようになった。

他にも求婚者はいたようだが、倫子の母親が道長に将来性を感じ、その強い勧めもあって縁談が成立したのだ。


「まさかお前たち三人がひそかに縁を取り持ったとは、左大臣家も気づくまい」

快活に笑う道長につられ、花房たちも声をあげて和した。

「三国一の妻を見つけてくれた褒美だ。小弓の一式をやろう」

「伯父上、ありがとうございます」

「なんの。お前たちと弓で競う日が楽しみだ。すぐに届けさせる」

その言葉どおり、道長は子供用の弓をあつらえると、花房のもとへ送り届けてきた。

「ねえ、乳母や。伯父上の結婚が決まって、本当によかった」

にこにこと笑う花房に、菜花の局は頷いた。

「素敵な小弓ですこと。これは、小さな弓場《ゆば》をつくらねばいけませんね」

そのやりとりを聞いていた父の純平は、花房への贈り物にいささか困惑している。

「道長の兄上は、花房を武官になさるおつもりか」

猛々《たけだけ》しいものの苦手な純平の心中は複雑だ。

男らしく育てたい、という道長の希望どおり、花房は実に伸びやかな男児として成長している。よく遊びよく学び、木にも登れば馬にも乗る。

「私に似ず、健やかなのは嬉しいが……」

線が細く身体の弱い純平は、理想的な〝息子〟に育っていく花房から顔を背けると、瞳を潤ませた。

「なぜ、こんなにも可愛いらしい子を、無理して男にしなければならないのだ」

せっかく授かった子を姫と呼べないのなら、せめて名前にだけは名残をと「花」の一文字を織り込んで「花房」と名づけたが、肝心の当人が、立派すぎる男児としてすくすくと成長していくのが不憫でならない。

「この世には、神も仏もないものか」

袖で涙を隠す父親へ、花房は屈託なく問いかける。

「父上、なぜお泣きに？」

「言わすでない。いっそう悲しくなるではないか」

身の上を嘆く父の気持ちが、花房にはわからない。生まれたときから男児として育てられ、おのが身の秘密にまるで気づいていないのだ。

「乳母や、私が生まれた時、重い病気を治すために切ったのだよね」

「はい、お股《また》にありました〝瓜《うり》〟をお切りしました」

「それで病気は治ったのだよね」

「はい、何とか」

乳母の苦しい言い訳を今まで信じて、花房は屈託なく生きてきた。そのため劣等感や卑屈さとは無縁だった。

「でもどうして〝瓜〟がないのを、秘密にしなければならないの？」

「それは……ないとわかると、侮られるからです」

「たかが〝瓜〟ひとつでいろいろ言われるとは、男って不自由なものだね、乳母や」

「……おいたわしや」

よよと泣き崩れた母に舌打ちした賢盛が、花房を誘って庭へ出た。

「泣くほど大変なことなのか？」

幼い花房は男女の身体の違いを詳しくは教えられておらず、乳母の言ったことを素直に信じている。せいぜい髪を結い上げているのが男、髪が長いのは女という認識だった。

賢盛は眉根を寄せた。不憫の一言では表せない複雑な感情を読まれてはいけない。

「母上は大げさなのだ。花房が元気でいられるなら、あるなしなんてどうでもいい」

女だとばれたら花房は殺されるかもしれない、と脅されて賢盛も育っている。その秘密を守るために、常に側《そば》にいるように言いつけられているが、花房をいつまで無知のまま保っておけるかは自信がない。現に花房は、大人たちが隠している秘密の匂《にお》いを感じ取っているのだ。

「ねえ賢盛、〝瓜〟はそれほど大事なものか」

「だっ、大事ではあるな、俺にとっては」

「賢盛には大事で、私にはなくても問題ないのか」

「そ、そう言われると、答えに困る……」

いつもは切れ味鋭い乳兄弟が答えに窮して遠い目をするので、花房も困ってしまった。

「まず、私が切られた〝瓜〟とはどんなものか」

「どんなものって」

「お前のは切られずについているのだろう、賢盛？」

花房は、興味津々の眼差しを乳兄弟の指貫《さしぬき》へ向けた。

固唾《かたず》を呑《の》んだ賢盛に、花房はにじり寄った。

「ねえ、賢盛。お前は私のためなら、何でもしてくれると言ってるよね」

「ああ、言ったな」

「では、お前の〝瓜〟とやらを見せてくれないか」

やはりそう来たか。賢盛は天を仰いだ。探究心旺盛な花房の言動は予想がついたが、これればかりはそう簡単に応じられない。

渋りつづける賢盛に、花房はじれた。ここまで隠そうとするからには、たいそうなものに違いないと思ったのだ。

「ちょっとくらい見せてくれてもいいじゃないか、私とお前の仲なのに！」

私とお前の仲と言われると、賢盛も拒絶できなくなる。殺し文句なのだ。

――まあ、俺のを見せても、減るものではない、が……。

賢盛は木陰へ花房を誘い込むと、指貫の紐《ひも》を解いた。

「母上には内緒だぞ。言ったら俺が百叩《たた》きに遭う」

「言うものか。ふたりだけの秘密だ」

花房は乳兄弟がさらした〝瓜〟を眺めた。

「この程度のものか。まるで面白くない」

「……この程度って」

拍子抜けした花房の隣で、賢盛もよくわからない空《むな》しさに肩を落とした。

「賢盛、それがついていて、何かいいことはあるのか？」

「いいことなど別に。まあ、悪いこともないけれど」

「なんだ、そんなものか。もっとすごい何かが出てくると思ったのに、期待して損した」

「いいとも、もう二度と見せてやらない」

賢盛が不機嫌になった理由が、花房にはわからない。こんなもののために父母や乳母が嘆く理由もまるでわからない。

「世の中には、わからないことがいっぱいだね、賢盛」

花房はあっさりとまとめた。衣を整えながら賢盛はそっぽを向く。

「ひとに頼み事をしたのだから、せめて礼くらいは言え。お前だから、特別に見せたんだぞ。お前だから特別に！」

「うん。ありがとう、よくわかった」

またしても笑顔であっさりと返され、賢盛の肩から怒りが抜けた。

――何もわかっていないくせに、わかったなどと言うな！

花房の不幸は、その笑顔が魅力的であるほど増していくという厄介なものだ。性を偽るだけでは足りず、〝反射の香〟なる不思議な薫りの助けを借りねば避けきれないという。ややこしい運命を背負った花房と比べたら、恥を忍んで見せたものを「そんなもの」扱いされるくらい大したことはない、かもしれない。

賢盛は、いつもの冷静さを取り戻すと、乳兄弟を力づけるように言った。

「切られちゃったら、もうはえてこないけどな。まあ、バレなきゃ大丈夫だ」

「そうだね。乳母の言いつけを守って、道長の伯父上にだって内緒にするよ」

「まあな。万が一の場合も、お前がしゃべる前に俺が止めるけど」

賢盛は花房の手を取り、館へと引いていった。

辛気くさい大人たちも、そろそろ泣《な》き止《や》んでいる頃だ。


東三条邸では、華やかな笑い声が途切れることなくつづいていた。

声の主は、一条帝の母である詮子だ。世の人は皇太后とおそれ敬うが、道長にとっては心を許して何でも話せる姉であった。

「あなたご自慢のおチビさんのおかげで、素晴らしい方と縁づいたわけですね」

「チビどもが言ったとおりの人でした。聡明《そうめい》で心が広い」

「子供の目は、あながち間違ってはいませんよ。人の本質を見抜きます」

新婚の妻を手放しで褒める道長へ、詮子は安堵《あんど》の眼差しを向けた。

馬に夢中だった弟が、やっと世間の男並みに女性を愛したのだ。ひそかに気を揉《も》んでいた姉としては、肩の荷が下りたというものだ。

「私には勿体ない人だ。生涯大切にするつもりです」

「それを聞いて安心しました」

最高の馬を手に入れた時とまるで同じ貌《かお》をして、道長は妻を自慢する。感情のままに振る舞う大らかな弟が、妻とふたりきりの時にはどんな態度を取るのかと想像し、詮子はおかしくなる。大きな子供さながら、歳上の妻に甘えているに違いない。

十代での結婚が一般的な貴族社会において、二十二歳の道長と二十四の倫子は晩婚といえたが、それもふたりが出会うために必要な時間だったのだろう。

「道長のおチビさんたちに、会ってお礼が言いたいわ」

「へえ、姉上が直々にお会いくださるとは」

皇太后の立場にある詮子には、末弟が語る子供たちの様子は、宮廷の堅苦しさを忘れさせるものだった。

馬を愛し、小弓を競い、道長を大きな腕白坊主として慕う子供たち。ついには道長の言いつけどおりに左大臣家へ忍び込んで、姫君の品定めまでしてきたのだから、詮子も彼らの顔を拝んでみたいと思うに至った。

「花房は、私にとっても甥ですよ」

その詮子の一言で、花房は東三条邸へ呼び出された。

雲の上の人だと思っていた伯母と対面した花房は、感激のあまり言葉が出なかった。

御簾《みす》や几帳《きちょう》越しで声をかけてもらうだけでも大変な名誉だというのに、詮子は身内に会う心構えで、隔たりを取り払ってくれたのだ。

「弟が自慢するだけあって、美しいこと」

詮子は初めて会う花房へ、親しげに声をかけた。

「うちの父上には似ていないようだけど。思うに、花房はお祖母さま似なのね」

「ええ。この子の父親の純平も、男にしておくには惜しいほどですよ」

道長が混ぜっ返す。

花房には、皇太后の伯母がどこか寂しげに見えた。

広大な東三条邸の一角に里内裏をもうけ、実家暮らしで気楽に過ごしているとの噂だったが、息子の一条帝が即位して内裏へ入ったことで母子は離ればなれになった。その寂《せき》寥《りょう》を紛らわしたくて、花房たちを招いたようにも思える。

「……皇太后さまは、主上と離れて暮らして、お寂しいのですか？」

花房の言葉に、詮子は目を細めてこちらを眺めた。

「花房は七つですか。主上よりひとつ歳下ですね」

離れて暮らす息子を見るような眼差しで、詮子は花房に笑いかけた。

「帝は、国を思う気持ちを第一にしなければなりません。主上が……幼くともつとめを果たそうと日々お励みだというのに……この私は、なんと情けない」

「主上も、姉上を恋しがっておいでですよ」

道長は花房を手招きすると、詮子の側近くに座らせた。

「花房。これからは、皇太后のご無聊《ぶりょう》をお慰めしてほしい」

ちょこんと座った花房の頭を、詮子は優しく撫《な》でた。

「この館へ遊びに来たら、必ず顔をのぞかせておくれ」

「私でよければ、いつでも参ります」

「嬉しいこと。そちらの子たちも、一緒にいらっしゃい。大勢の方が楽しいもの」

皇太后の言葉に、賢盛と武春が平伏する。

「それがいい」

道長は、自分の気に入りの童が姉の心をつかんだことに、無邪気に喜んでいる。

「この三人の元気のよさは、極上の木曾《きそ》馬にも負けないほどです」

「まあ、またあなたは馬に喩えるのですか」

「えっ、またとは？」

「北の方《かた》を自慢する時も、名馬のように褒めていましたよ、あなたは」

詮子にかかれば、道長は子供扱いだ。花房たちはそれぞれ笑いを嚙《か》み殺《ころ》した。

「花房、これからは私のもとへ好きな時にいらっしゃい」

それは伯母と甥という関係にあっても破格の申し出だった。何の後ろ盾もない兼家の孫が、皇太后の里内裏へ上がることが許されたのだから。

「これからお前には、主上への使いを頼むこともあるでしょう」

「私が、主上のもとへ参るのですか?」

「殿上童として昇殿することを私が許します。それに主上も、歳の近い従弟が訪ねてくれれば、どれほど嬉しいことでしょう」

幼い帝を取り巻く人々に対し、母である詮子は神経を尖《とが》らせている。

だが、そこまでは察せられない花房は、ただ屈託のない笑顔を見せた。

それだけで花房は詮子の信頼を勝ち取り、昇殿の後見人として道長がつくことに決まったのだった。


「なぜお前が、ここにいる?」

清涼殿は内裏における帝の住居であり、執務の場でもある。出入りできるのは五位以上の位を持つ貴族の中でも、特に昇殿を許された者だけだ。

数少ない例外が、殿上童と呼ばれる成人前の子供で、上級貴族の子弟が行儀見習いのために雑用で使われ、将来の人脈づくりにいそしむ。

道長が花房を連れ、詮子からの文や贈り物を幼帝へ届けるようになってから、上卿《しょうけい》たちは「あの子は誰だ」と声をひそめて囁くようになった。

皇太后が用いる童で、道長が後見だと察するものの、よく知りすぎているはずの摂政・

兼家は隠していた孫と言えずに空とぼけ、その嫡男の道隆も知らぬ顔を通しているのだから、周囲はざわつくしかない。

ところがこの日は、詮子からの文を携えた使者として内裏を訪れた花房を、殿上童として出仕していた隆家がめざとく見つけ、廊下でさっそく絡んできた。

気に入らないなら父親に倣い、放っておけばいいものを、花房を見つけると、従兄は何か言わねば気が済まないのだ。

「どうしてお前を使いなんかに立てるのか、皇太后さまの気がしれない」

暗に自分の方が帝に近いのだと牽制《けんせい》をかける隆家は、花房の反応を待っている。聞かぬふりをすると余計に口論をふっかけてくるので、下手に無視もできない。

花房は白粉《おしろい》が似合わない従兄へ、優しく答えてあげた。

「それは私が落馬しないからだろう。お前、こないだも落馬したと伯父上から聞いた」

「なんだと！」

「ほら、すぐ怒鳴る。だから馬に嫌われるんだ」

絶句する隆家を置き去りにして、花房はさっさと廊下を歩き出した。童姿のふたりが喧《けん》嘩《か》しているところを見られたら、大人たちにからかわれてしまう。

「待てよ、花房」

「いやだね。どうせ嫌なことしか言わないだろ」

「どっちが。俺はお前を見るたびに、ムカムカする」

そんなに嫌いならどうか無視してください。そう言う代わりに背中で拒否した花房へ、隆家は扇を投げつけた。

「お前なんぞ従弟だなんて、絶対に認めないからな」

そのまま控えの間へ足音荒く入った隆家を見送って、花房はため息をつく。

今日は主上から特別に声をかけてもらったというのに、隆家と会ったせいで台なしだ。

隆家が傍若無人に振る舞うのは、摂政の孫として甘やかされたからで、表立っては誰も非難しない。一見恵まれているようだが、実は誰からも真剣に気にかけてはもらっていない証拠だ。

一条帝は地位と引き替えに母親と引き離され、隆家は親の地位の高さゆえに叱《しか》ってくれる人もいない。どうして自分の従兄たちは、こうも極端なのだろう。

——偉い人というのは、案外と不幸せなものだな。

花房は幼いながらに大人びた感慨を胸に、内裏を下がったのだった。

第三帖　嘘《うそ》と噂《うわさ》と裏切りと

皇太后の詮子《せんし》は、入内《じゅだい》しても内裏にはほとんど近寄らず、現在の一条帝《いちじょうてい》である皇子を擁して実家に籠《こ》もりきりで過ごした、希有《けう》な女御である。

他の妻への寵愛《ちょうあい》が深かった帝《みかど》への意趣返しだったのだろうか。息子に「兼家《かねいえ》の孫」という意識を植えつけて育てることに心を砕き、父親である帝が我が子と対したのは、ほんの数えるほど。

結果、幼い一条帝は祖父にあたる摂政・兼家に全幅の信頼を寄せることになった。表向きは皇統の血をつなぎ、その裏で政治の実権を握る外戚《がいせき》政治は、兼家が詮子を楔《くさび》として内裏へ打ち込み、孫を操縦することで見事に完成していた。

つまり、詮子は豪腕の兼家が内裏へ放った矢。政治の世界で勝ち抜いた強者《つわもの》だった。

ところが花房《はなふさ》の目を通すと、詮子は冷徹な政治家などではなく、温かな血の通ったひとりの母親にすぎなかった。

「ねえ乳母や、皇太后さまは伯父上のことを、大きな暴れん坊さんと呼ぶのだよ」

花房が乳母の菜花《ななば》の局《つぼね》に報告するたびに、彼女は目を白黒させる。

「まあ、ご立派になられた道長《みちなが》さまをねえ……」

権中納言に昇進した道長は、二十三歳で早くも上級貴族の仲間入りを果たした。摂政家の末っ子として順調に出世しているのだが、姉の目にはきかん坊と映るようだ。

「それに伯父上も、皇太后さまにはいっぱい甘えてね、思わず笑ってしまいそうになるのだよ。ねえ、賢盛《かたもり》」

「花房が噴き出す前に、こっそりつねって止めてるけど」

「こらっ、花房さまをつねるなんて」

「そうしないと、大笑いしちまうから」

これでも賢盛は、前より偉くなったらしい道長を「ガキ大将」として敬っているらしい。恥をかかせないように、彼なりに気をつかっているのだ。確かに、姉に子供扱いされた上に子供に笑われたのでは、道長も立つ瀬がない。

「そういえば、道長さまの北の方が、おめでたと聞きました」

思い出し笑いをしているふたりの童子へ、乳母の局は問いかけた。

無事に出産の暁《あかつき》には何を贈ろうか。祝いの品は、あれこれ悩むのが楽しいのだ。

「花房さまが贈る品を、今から選んでおきましょうね」

「菜花は趣味がよいから、伯父上も喜ぶよ」

女房づとめで磨かれた菜花の局の美意識は、鋭く細やかだ。同じ色の衣も、染めの加減で品よくもなれば悪趣味にもなる。その見極めができる局は、幼い主人を常日頃から磨き上げるように整えていた。

その甲斐《かい》あって、花房は昇殿するたびに「清《きよ》げなる子供」と噂になっている。装束の趣味が悪ければいかに姿形が整っていても、品がないとそしられるのだから、わずかな隙《すき》も許されないのだ。

「伯父上、赤ちゃんに会いたくてたまらないだろうね」

花房は、のんびりと微笑《ほほえ》んだ。

数日後、何の前触れもなく、道長が馬を駆って純平《すみひら》邸を訪れた。

「花房はいるか」

賢盛と一緒に家庭教師から漢詩の講義を受けていた花房は、乳母の案内も払いのけて部屋へ踏み込んできた伯父の顔色を見てぎょっとした。精悍《せいかん》な面から、すっかり血の気が引いていたのだ。

「遠乗りにつき合え」

花房から離れてはいけない、と常日頃言い聞かされてきた賢盛が、慌ててあとに従おうとする。だが、道長は否やを言わせぬ迫力で花房を鞍《くら》へと押し上げると、強い力で抱え込んだまま馬に鞭《むち》を入れた。

「伯父上、どこへいらっしゃるおつもりです」

花房の問いに、道長は応えない。歯を食いしばったまま、ただ馬を走らせる。まるで何かから逃げ、振り切るかのように。

悪事が起きた、と花房は察した。それも言葉にできないほどのことだ。

「伯父上、何が――」

花房は馬から振り落とされないよう、たてがみをつかむしかなかった。視界の端を都の景色が飛んでいく。

全力で疾走する馬の背にしがみつきながらも、花房は怖くはなかった。伯父の腕に身を預けていると、なぜか安心できた。道長の気が済むまで一緒に走っていたかった。

馬は屋敷《やしき》町を抜け、小屋の建ち並ぶ庶民の土地を過ぎた。風景に小さな畑が増え、やがて人家もまばらとなった。いよいよ郊外へと来たようだ。

荒涼とした野原に入ると、道長は手綱を引き、馬の脚を止めた。馬が全身で息をし、道長も荒い息を吐いた。

疲れきった馬の背にまたがりながら、道長はじっと荒れ野を睨《にら》んでいた。

鳥辺野《とりべの》の地は、死の臭いに満ちている。死を〝穢《けが》れ〟と嫌う人々は、この荒れ野で死骸《しがい》を荼毘《だび》にふし、あるいは投げ捨てていく。朽ちかけの遺体と無数の白骨が方々に投げ捨てられた、腐臭が漂うこの地へ、目的もなく馬を走らせる者はいない。日常生活から死の臭いをぬぐい去るために、町中とは切り離された穢土《えど》が鳥辺野だった。

「伯父上、このような場所に何用が？」

馬を止めても、いっこうに言葉を発しない道長を気づかい、花房は彼を仰ぎ見た。

道長は荒れ野をぼうと眺めながら、声もなく涙を流していた。

「伯父上、どうなさいました？」

「我が身が、空《むな》しく感じられてどうにもならないのだ」

順調に出世し、仲睦《なかむつ》まじい妻も懐妊し、よいことづくしの道長が、なにゆえに空しさを感じるのか、花房にはわからない。ましてや泣くなど、理由が思いつかなかった。

だが、一心不乱に駆け抜けてたどり着いた先が、葬送の地だった。

花房は道長へ手を伸ばすと、頬《ほお》を伝う涙を静かにぬぐった。

「大切な人が、儚《はかな》くおなりですか」

道長は力なく首を振った。

「死んだのは他でもない、この私だ」

「まさか」

「今までの私は、今日限りで死んだのだよ、花房」

道長は、胸のうちで溢《あふ》れかえる感情に耐えきれなくなったように、花房をかき抱いた。

「私は倫子《りんし》殿を娶《めと》った時に、生涯幸せにするとおのれに誓った。父上や兄上のように、多くの女へ通う真似《まね》などせず、あの人だけを愛そうと思っていた。しかし……」

花房を抱きしめる腕が震えていた。

いつだって快活な伯父がこうも打ちひしがれていると、花房も泣きたくなってくる。

「伯父上、お辛《つら》いのですね」

「こんな苦しみを強いられるとは思わなかった。よりにもよって、私を誰より可愛《かわい》がってくださった姉上が、倫子を裏切れと命じるなど！」

高ぶる感情を必死に抑えながら、道長は、詮子がふたり目の妻を迎えるよう頼んできたのだと花房に語った。

相手は醍醐天皇《だいごてんのう》の孫で、先の左大臣・源高明《みなもとのたかあきら》の娘、明子《あきこ》である。父親の失脚によって不遇をかこっていた明子を、詮子は自分の女房として引き取り、大切に扱ってきたため、道長も知らぬ相手ではなかった。

新妻との幸福をのろける弟へ、姉が明子の面倒を見てほしいと頼み込んだのは、ひとえに道長が妻を真面目《まじめ》に愛する姿勢を信頼したがゆえ。

高貴ではあるが身寄りのない姫を、妾《めかけ》として手に入れようと言い寄る男は多い。道長の兄・道隆《みちたか》もそのひとりだった。

妹に仕える女房であるのをよいことに、道隆がかなり強引に明子との関係を求めていると気づいた詮子は、危機感をつのらせていた。このまま放置すれば、身寄りのない明子は道隆の浮気心の餌食《えじき》にされてしまう。

そこで誠実な道長に、明子を保護するために娶れと頼んだのだった。

妻を大切にする姿を見込まれて、もうひとり妻を貰《もら》えと迫られるとは皮肉な話だ。

「姉上でさえなければ、迷うまでもなく断れた。だが相手は大切な姉上だ。気の毒な姫を守ってほしいと、涙を浮かべて頼むのだ」

頼りになるのはお前だけと泣きつかれ、道長は断る術《すべ》を持たなかった。――最愛の姉が、最愛の妻を裏切るように仕向けたとしても。

「まさか姉上が、倫子を悲しませる元凶になるとは……」

姉弟の父・兼家が正妻以外の女のもとへ通っても、母の時姫《ときひめ》は嫉妬《しっと》の気配さえ子供たちには気取らせなかった。それゆえに子供時代の道長は、夫の女性関係に嫉妬する女は狭量だとまで思っていた。ところがいざ我が身に降りかかってみて、この裏切りで倫子を泣かせる辛さに直面しただけでなく、自らの母もまた人知れず泣いていたことに気づいたのである。

「花房。父上が、お前の祖母と純平の存在を隠し通したのは正しかった。あの父上が浮気ではなく、本当に愛した相手だと知れば、生前の母上はどれほど嘆き悲しんだだろう」

そうまで言いながら、やはり道長は姉を裏切れないのだ。

詮子が嫁した帝は、他の妻を愛しており、彼女は政略で押しつけられた女御として軽んじられていた。不幸な結婚を強いられた姉を幸福にしたいと願ってきた道長は、たっての頼みを断れなかった。それがたとえ妻を裏切ることであっても。

「誇り高い姉上が、私に頭を下げるのだ。明子殿を大切にしてくれと……」

その代わり、道長のためならば命すら惜しくないと、詮子は言った。もしも万が一のことがあれば、命がけで守ると。

その万が一がいかなる事態かは予想もつかなかったが、道長は姉のために愛妻を泣かす覚悟を決めてしまった。

「こんな私を軽蔑《けいべつ》するか、花房」

花房は、伯父の涙を自らの袖《そで》でぬぐった。道長は自分が泣いているのにも気がついていない。ただ自分を責めるのに手一杯なのだ。

「伯父上がこうして泣かれたことも、倫子さまを本当に大切に想《おも》って苦しんでおいでだということも、誰にも言いません。けれども、絶対に忘れません」

「わかってくれるのか」

道長の瞳《ひとみ》を見据えて、花房は頷《うなず》いた。

「伯父上はきっと、新しい奥方も倫子さまと同じように、大切にしようとなさる。皇太后さまと、そう約束してしまったのでしょう」

道長が姉の願いに全身全霊で応えるのは、花房にもわかっていた。たとえ押しつけられた妻であっても、できる限り誠実に扱おうとするはずだ。

「今日のことはふたりだけの秘密にしておいてくれ、花房」

道長は、潤んだ双眸《そうぼう》で荒れ野を見た。屍《しかばね》のうち捨てられたこの地へ、今までの生き方を捨てるために来て、心の一部を捨てる姿を花房に見届けさせたのだ。

姉のために、道長は妻への純粋な想いを切り捨てた。明日になれば姉の望みどおりに、幸薄い姫君へ文を書き、時が至れば妻にして、人前では名門の妻をふたりも得たと、誇らしげに振る舞うのだろう。まるでそれを本心から望んでいたかのように。

「お前だけが、本当の私を覚えていてくれれば、それでいい」

甥《おい》に本音を吐き出して、道長は楽になったようだった。

痛みを分かち合う人間がいるだけで、重荷は半分になる。

「お前が側《そば》にいてくれてよかった」

花房はその時、この優しすぎる伯父を守りたいと強く思った。

それは初めて覚える、鮮烈で澄みきった感情だった。

「道長さまだけは浮気男でないと思っていたのに、がっかりですよ」

道長がふたり目の妻を貰ったと知って、菜花の局は憤慨していた。

倫子との結婚から一年もしないうちに、明子姫を娶った道長の評判は芳《かんば》しくない。

新婚間もない身で、婿に入った妻の家にもやっと慣れようかという時期に、他の女のもとへ通う。これには色好みをよしとする貴族たちも、遠慮を知らない振る舞いだと眉《まゆ》をひそめた。仮にも左大臣家の娘への扱いが、軽すぎるのではないかと囁き合った。

源氏姓の妻を立てつづけに貰ったのも、品がないと陰口を叩《たた》かれることになった。

つまり道長は傲慢《ごうまん》な野心家で、高貴な女性を獲物のように追い求めた結果、浅ましくもふたりも娶ったのだと誤解されたのだ。

「やはり色好みで通った摂政さまの息子ですよ！　倫子さまが妊娠したのをよいことに、新しい妻をつくるなんて、本当に情けのない……」

結婚前は多くの宮廷貴族から言い寄られ、求婚者の群れから一途《いちず》で誠実な官吏の夫を選んだ花房の乳母は、男の浮気性に関しては手厳しい意見を繰り出す。

「色好みが洒脱《しゃだつ》な男の条件だなんて、冗談ではありませんよ。次から次へと女を泣かせているだけではありませんか」

局の言い分もわからないではないが、こうも伯父をけなされると、花房は我が身を責められた気になる。

「すまぬ、乳母や。でも、これには事情が」

「新しい女つくって、事情も何もありませんっ」

「はいっ」

一喝され、花房は背筋を伸ばした。

――伯父上が泣く泣く結婚したなんて、誰も信じないか……。

それもそのはず。明子は出自のよさのみならず美しさでも評判で、多くの貴族が狙《ねら》っていたのだ。新婚の身で明子まで獲得した道長への風当たりは、男たちのやっかみも加わって、ことさら強かった。

「倫子さまがお気の毒でなりません。今度、道長の殿がお越しになったら、私が代わりに叱《しか》っておきます」

「やめてよ。お前にまで怒られたら、伯父上はまた……」

「また、なんでございます？」

花房の前で臆面《おくめん》もなく涙したなど、口が裂けても言えはしない。

「……また私を連れて、遠乗りに行くだろう」

「花房さまと一緒の遠乗りなら、文句は言いませんよ。罪がありませんからね」

赤の他人で道長にはかなり甘かったはずの菜花の局でさえ、今回の重婚を責めている。

ましてや正妻の倫子の悲しみと怒りはいかばかりかと思うだに、花房の胸は締めつけられる。どんなに責められても、道長は言い訳もせずに、じっと耐えているに違いない。

花房は不器用な伯父に深く同情した。鳥辺野で聞いた、道長の血を吐くような言葉を、倫子にも皆にも聞かせてやりたかった。

「乳母や、伯父上には優しくしてあげて。我が家へ来てまで責められたら、世を儚んで出家してしまうよ」

「あんなに神経の太い方が、出家なんてするものですか！」

乳母を説得するのは、東山《ひがしやま》を琵琶湖《びわこ》へ移すよりも難しい。花房はしょんぼりと口をつぐんだ。言葉足らずの擁護をすれば、道長の印象は余計に悪くなりそうだった。

「母上、殿上人のやることに、俺たちごときがあれこれ言うのは野暮ですよ」

怒りがいっこうに収まらない母親へ、賢盛が醒《さ》めた声をかけた。

さりげなく道長を庇《かば》った乳兄弟の冷静さが、花房にはありがたい。

「……確かに、妻ひとりで満足なんて上卿《しょうけい》は、変人扱いされてしまうわね」

宮廷人は権力争いの合間に恋愛遊戯を楽しんでいるが、浮いた噂をわざと流して、人々が騒ぐ様を見物して喜ぶ節《ふし》がある。よほどの醜聞でない限り、貴族にとって浮き名は小洒落《こじゃれ》た〝飾り〟にすぎず、恋を遊べぬ者は無粋と馬鹿《ばか》にされるのだ。

あれこれと噂される道長の、本当の姿を知る花房は、ひそかに胸を痛めつづけた。

――伯父上をわかってあげられるのは、私だけだ。

花房の憂い顔をちらりと見やった賢盛が、何も言わずに視線をそらしたことに、花房自身は少しも気づかずにいた。

＊　＊　＊

動かない。

どんなに見つめても、ちらりとも動く気配を見せない。

「お願いだから、ちょっとだけでも」

武春《たけはる》は拝むように〝気〟を送る。しかし柔らかなのは手触りだけで、対象の本性は存外に頑固らしい。

「動け動け、うーごーけーっ」

びくともしない強情さにさじを投げ、武春は文机《ふづくえ》に突っ伏した。

「なんだ武春、もう音をあげたか」

武春の年嵩《としかさ》の従兄にあたる陰陽師・賀茂光栄《かものみつよし》は、呆《あき》れ顔で息をついた。

先ほどから鍛錬していたのは、人形《ひとがた》に切った紙に〝気〟を入れて式神として使う術だ。

文机に置かれたままの半紙の端をつまみ上げて、光栄はつづける。

「お前くらいの歳《とし》だと邪念が少ないから、この程度の式なら簡単に使えるのだが」

「俺に、邪念なんかありません」

まっすぐな瞳で訴える武春に、光栄は「それも困るな」と眉根を寄せた。

邪念がなさすぎるのも失格なのだ。

本来、陰陽師《おんみょうじ》は鬼や魔を従わせたり取り引きしたりと、陰の力に負った技を使う。陰の気に根ざした力を自在に操れないのでは、式神も使えない。その点、武春は陽の気ばかりが満ち、あまりの眩《まば》ゆさに鬼も魔も逃げ出してしまう。

たかが紙人形の式すら使えないのは、武春の内に一点の昏《くら》さもないせいだった。

「陽の気が強すぎるのも考えものだ」

「すみません……」

「たとえば、隣の家をのぞきたいとは思わないか?」

そう言うが早いか、光栄は印を結ぶと、たった一言のつぶやきで紙の人形を立ち上がらせた。

「花房殿が何をしているか、見てまいれ」

紙人形はふっと宙に浮かぶと、雲雀《ひばり》のように窓から飛び出していった。

陰陽師は単なる暦道や天文学の学者ではない。この不思議な能力を併せ持たないと成り立たない職業だ。その点、武春は座学こそ優秀だが、術を使う実践能力は皆無だった。

「元服の年頃になれば、目覚めるかもしれぬが……」

「大人になれば、俺にもできるように？」

　一筋の光明を見いだして顔を上げた武春に、光栄は軽く肩をすくめた。そのあたりに確証はないらしい。

「いろいろな欲が出てくるから、邪念もそのうち芽吹くだろう。心がきれいなままでは陰陽師はつとまらないぞ。胸に人一倍昏い闇《やみ》を抱えていないと」

　闇を抱えろと言われても、武春にはピンとこない。今思いつく欲といえば、美味《おい》しいものを腹いっぱい食べることと、花房や賢盛と一緒に馬に乗り、思い切り遊ぶことだけだ。

　──花房、何をしているのかな。

　そう思った途端、部屋の中空から笛と琵琶の音が響いてきた。まるで同じ空間に演奏者がいるかのような、鮮やかな音色だ。

「ふむ、花房殿は龍笛《りゅうてき》、賢盛は琵琶の稽古《けいこ》か」

　花房の父親の純平が、得意の奏楽を伝授しているようだ。

　飛ばした式神が耳にした音を、離れた邸内で聞く不思議さ。武春は感嘆すると同時に、いつかはこの能力を獲得できるのかと、ふと不安になる。

「武春、欲を持て。昏い欲望、そして劣等感や邪念を抱けばこそ、陰の気が生じて、式とも取り引きできるようになる」

「欲……。たとえば、検非違使《けびいし》になりたいとか？」

「たわけたことを。夕餉《ゆうげ》は抜きだ」

光栄は指をパチンと鳴らした。

紙人形がすぐさま舞い戻ってきたが、いつもはぴんと張っている全身が、妙にふらついた動きをしている。

「ふむ……〝惑わしの香〟にあてられたか」

紙製の式神ですら、花房の肌から薫る芳香に酔っ払ってしまうらしい。

「鼻がない分、〝反射の香〟での誤魔化しがきかないようだ。帰るように命じなければ、今頃は花房どのの肩口にはりついて、うっとりしていたはずだ」

「花房は、式神さえ虜《とりこ》にするのですか」

武春は、従兄の言葉に目を丸くした。

「だからお前が常に側にいて、寄ってくるものを撥《は》ねのけねば危ないのだ。生身の相手は〝反射の香〟で騙《だま》せても、生霊《いきりょう》だの飛ばされた式神だのは迷わず張りつくぞ」

これを災難な体質と呼ばずして、なんと呼ぼう。人ならぬものまで招き寄せてしまうのでは、花房は心身ともにすり減ってしまう。

「今は花房殿も子供なれば、危うさもそこそこだが、長ずれば〝惑わしの香〟もいっそう薫る。その日を想像するだけで、こちらは目眩《めまい》がするというものだ」

光栄はへろへろの状態で踊っている紙人形へ気を放ち、式の術を解く。ただの陸奥紙《みちのくがみ》に戻った人形は、ぱたりと床に倒れた。

「武春、花房殿は特別な花だ。群がるのは蝶《ちょう》や蜂《はち》だけではない、蛇も百足《むかで》もやってこよう。それらから守るためにも、力をつけないとな」

師の言葉は耳に痛い。

だが、花房を大切に思う気持ちは、武春も誰にも負けない自信がある。

「俺、頑張ります」

まずは、紙人形を立たせるところからだ。

——動け！

真剣に〝気〟を送るが、ついさっきまで浮かれ踊っていたはずの陸奥紙は、ぴくりとも動かない。

——花房を守るために、力をつけて一人前の陰陽師になりたい。

武春はぎゅっと拳《こぶし》を握りしめた。しかし紙人形は、どうにも立ち上がらなかった。

＊　＊　＊

今日も皇太后からの届け物を預かり、花房は昇殿した。

東三条《ひがしさんじょう》邸の庭でとれたスモモに文を添え、一条帝へ献じるのである。

いつものやりとりだが、蔵人《くろうど》に案内され、清涼殿へと向かう際、すれ違う貴族や女房たちが向ける眼差《まなざ》しが、これまでとは違うことに花房は気づく。

——私が何か？

明らかに「怖いもの」をこわごわうかがう目つきだった。

初めて殿上へ上がった時には、上から下まで不躾《ぶしつけ》にジロジロと眺められたものだが、まるで種類の違う眼差しが、今は全身に突き刺さっていた。

歳の近い帝はいつもどおりにこやかだったが、側へ控える侍従と蔵人は、明らかに今までとは態度を変えている。妙に腰が低いのだ。

この変わりようはどうしたことだろう。首をひねりながら花房は帝の前を辞したが、やはり、すれ違う女房たちも伏し目がちに不可解な視線を送ってくる。その不思議は内裏を出るまでつづいた。

皇太后の使者として、東三条邸から出してもらった牛車《ぎっしゃ》に乗り込み、花房は乳兄弟に問いただした。

「今日の私は、どこか変か？」

賢盛は、殿上童《てんじょうわらわ》としては申し分のない乳兄弟へ、冷めた感想を返す。

「いつもどおりだ。普通と言えば普通だし、変かと問われれば変」

「清涼殿へ上がった時から、皆が喩《たと》えようのない目つきで、私をじっと見る」

「化粧は崩れていないぞ。装束も崩れていない」

「では、私の何が悪い？」

「ああ、頭か性格のどちらかだろう」

ひどい、とじゃれかかった花房は、賢盛に腕を押さえられ、見つめ合った。

賢盛は、子供ながらに冴《さ》え冴《ざ》えとした美貌《びぼう》の持ち主だ。ただし、皮肉屋の内面をうつして目つきが悪い。相手の腹の底を探るような眼差しで、相対する人を尻込《しりご》みさせる。

「賢盛みたいにきれいだったらいいのに」

「……は？」

「私みたいに平凡で退屈な子が、皇太后さまの使いを任されているから、きっと珍しくてジロジロ見たのだろう」

「はあっ？　お前、何言ってるの」

人の視線を集めずにはおかない花房は、おのれの容姿に無自覚だ。さすがの賢盛も呆れた声をあげた。

「今日は宮廷も話題がなくて、お前を肴《さかな》にするつもりだったんじゃないか」

「私が肴になるかなあ……」

ふたりの童子は東三条邸へと戻り、帝からの返し文《ぶみ》を詮子へ届けた。

「今日は、何か面白いことはありましたか？」

詮子は内裏で起きた些細《ささい》なことも知りたがる。息子を取り巻くあれこれを知り、距離を埋めたいのである。

「主上は特にお変わりありませんが、侍従や蔵人が妙でした。私が悪いことでもしたかのように、こわごわ見つめるのです」

詮子は困惑しきった花房をしばし眺め、ほほ……と扇で口元を押さえた。

「おかしや。道長の流した噂を真に受けて、宮廷中が花房を腫れ物《はれもの》扱いですか」

首をかしげた花房に、詮子は心底愉快そうにつづける。

「道長は、噂好きの公卿《くぎょう》たちに花房が何者かと問われて、さる方からの預かり物だと答えたのですって。そうしたら……」

実父から後見を任されたとは言わず、思わせぶりに言葉を濁したことから、訊《たず》ねた方は花房を皇族の誰かの隠し子と、勝手に勘違いしたという。

「私が聞いた話では、あなた、花山院《かざんいん》が若くしてつくった御落胤《ごらくいん》だそうですよ」

花山院は一条帝の前の天皇だ。妻を亡くした悲しみから衝動的に出家退位したが、出家後も派手な女性関係はおさまらなかった。そんな人物だからこそ、表立って父と名乗れない子を、道長に世話させていると思われたのだ。

「私が院のお子とは、畏《おそ》れおおい」

「道長もわざと誤解されるように言ったのですよ。あなたを守るために」

「私を守る？」

詮子の使いで昇殿し帝と直接会う花房を、周囲は面白く思っていない。殿上童として帝近くに伺候する子供たちは、皆上級貴族の子息だ。いかに皇太后の使者であろうが道長が後見に立とうが、身元が確かでない限り花房を受け入れない。ましてや父が官位の低い楽人と知れれば、いっそう侮られるだろう。

「きれいに着飾っていても、宮廷人は怖いですからね。あなたの身元など、好きなように誤解させておきなさい。しばらくは、誰も手を出さないでしょうから」

詮子がきっぱり言い切ったように、貴人の落とし胤《だね》と勘違いされた花房は、それからは誰もが昇殿を黙認する存在となった。

一方、とんでもない噂を流して花房を守った道長は、ふたつの家庭を掛け持ちしつつ宮中の仕事も着実にこなしていた。そして倫子とのあいだに初めての子・彰子《しょうし》が生まれた。

彰子をあやしながら、道長は我が子と花房とを見比べ、奇妙な表情を浮かべた。

「彰子が使い物になるには、十年以上かかるな」

「は？」

「もしもお前が女だったら、どれほどよかったか。つくづく残念だ」

さっきまで赤子を抱いてやに下がっていたのに、そんな言葉を口にする道長の横顔には言いしれぬ影が宿っていた。

「伯父上は、何かご不満でも」

「ああ。お前が女なら、すぐさま養女にするのに」

道長が不穏な発言をするのには理由があった。兄の道隆が娘の定子《ていし》を、一条帝のもとへ入内させようと画策しているのを知ったからである。

父の兼家から見れば、娘の詮子が産んだ一条帝と、長男・道隆の娘との縁組みは、孫同士の結婚となる。これが成立すれば兼家は天皇夫婦の祖父になるわけで、願ったりかなったりと言えた。またこれによって道隆も、帝の伯父の立場から舅《しゅうと》へと格上げされる。

道隆が娘の定子を一条帝へ嫁がせること。これは外戚政治の勝利者である兼家が、政治の実権をそのまま長男へ譲渡するために不可欠な作業だ。皇統へ食い込んだ楔に、さらに楔を重ねて打ち込み、絆《きずな》を強めるための婚姻だった。

実の兄が父の跡継ぎとして足場を固めてゆく。本来ならば道長も喜んで協力すべきところだ。しかし、道長は不満だった。ただ先に生まれたという理由だけで、父の地位も財産も道隆が譲り受けるのは理不尽だ、とまで感じるようになっていた。

以前は兄に従うのが当たり前と思っていた道長が、道隆を超えたいと願うようになったのは、彰子を得た時だった。

外戚政治とは、娘を天皇に縁づけることで、その男性尊属が政権を握る仕組みだ。上級貴族たちは子供をもうける際、まず帝へ縁づけられる姫を欲しがる。我が子の入内はそのまま、父や兄の権力基盤を強めることになり、政治の中枢へ食い込んでいけるからだ。娘が生まれ、道長は初めて自分にも兄をしのぐ手立てができたと気がついた。娘が愛《いと》しい可愛いと思うより前に、権力欲が勃然《ぼつぜん》と湧《わ》いてきたのだ。

彰子を武器にすれば、天下が取れる……と。

だが、娘が育ち上がるには時間がかかる。道長は今さら晩婚を悔やんだ。元服と同時に結婚していれば、姪《めい》の定子とさほど変わらぬ年頃の娘が生まれていたかもしれない。たとえば花房くらいの娘が――。

道長は、才気煥発《かんぱつ》な甥を、道具を吟味するような目で眺めた。

透き通るように白い肌と秀でた額。明るい双眸に小さな唇。もし花房が女だったら……角髪《みずら》をほどいて、髪を長く伸ばせば、数年後には目を瞠《みは》るほどの美女に育ち上がる。

無遠慮な視線でなめ回すように見られて、花房は頬がかっと熱くなった。伯父の瞳は、今までの慈愛に満ちたものではなく、花房に美しい少女の幻想を重ね、燃えていた。

「伯父上、そんなに見つめないでください」

「私とお前の仲で、恥じらうこともあるまい」

視線のうるささに耐えかねて横を向いた花房の、奥ゆかしく恥じらう風情に、道長は酒に酔ったかのように軽く頭を振った。

「そうか、花房も十になったか」

「……はい」

獲物を狙う猛禽《もうきん》のような道長の目つきに、花房は言いしれぬ恐怖を感じる。

——まるで取って食われてしまいそうだ……。

我《われ》知らず、ぶるっと身体《からだ》が震えた。

花房が可愛いだけの子供でいられる時間は、もうあまり長くはなかった。

＊　＊　＊

父が吹く笛の音は、銀の糸でこしらえた綾織物《あやおりもの》のようだった。

花房はその妙《たえ》なる音色に聞き入った。並ぶ賢盛もうっとりと瞼《まぶた》を閉じている。

雅楽寮の楽人の中でも名手と呼ばれる純平は、変幻自在にさまざまな情景や感情を奏でるが、今宵《こよい》の笛は尽きぬ悲しみを歌っていた。

関白・藤原《ふじわらの》兼家が薨去《こうきょ》したのだ。

表立っては純平・花房父子の身内とは名乗らなかったが、注いでくれた愛情は本物だった。そんな兼家を偲《しの》ぶ笛の音は哀悼に満ちていて、耳にした誰もが目頭を押さえた。

「お祖父《じい》さまは私の元服姿も見ずに、極楽浄土へ行ってしまったね」

花房はそっと涙をぬぐったが、それは純平一家だけの悲しみでしかなかった。

兼家の家では、慶弔が入り乱れて、大混乱の様相を呈していたのである。

まず正月に孫の定子が入内し、一条帝の最初の妃《きさき》となった。十一歳になったばかりの帝に十五歳の定子をめあわせたのは、ひとえに兼家の豪腕によるものだが、この婚姻で、定子の父である道隆への政権委譲が明らかとなった。心身の衰えを覚えていた兼家が、おのれの目の黒いうちに、跡継ぎへ政権を譲るために行われた強引な結婚である。

定子入内のあと、長男道隆を摂政に据え、これで政権委譲は完成したと安心した兼家は息を引き取った。

「道隆の兄上も、これから大変であろう」

純平は、偉大な当主を失った家を継ぐ兄の苦労を慮《おもんぱか》った。純粋に父の死を悼むだけでは済まされない騒動が、事実、持ち上がっていた。


「私が、中宮大夫《だいぶ》ですと？」

兄の部屋へ呼び出された道長は、道隆と客人たちへ、怒りを隠さなかった。

「お前しか、この大任を頼めないのだよ。何せ定子を守る大切な役目だ」

「お断りします。私は女性の面倒を見るには向かない無骨ものですゆえ」

道長の反論に、客人たちは露骨なまでに軽蔑の色を見せる。彼らは道隆の妻・貴子《きし》の兄弟、高階《たかしな》家の四人であった。

「人も羨《うらや》む妻をふたりもお持ちの方が、ご謙遜《けんそん》を」

三男の高階明順《あきのぶ》の言葉には、明らかに険がある。彼は、道長の妻ふたりが源姓の名門だと当てこすっているのだ。

姉妹である貴子が道隆の嫡妻となったおかげで、高階兄弟は本来ならば手の届かない官位についた。しかし、だからこそ彼らは、生まれながらの御曹司である道長には、並々ならぬ敵意を抱いている。ましてやなかなか得られない名門の妻をふたりも持てば、憎まれて当然だった。

さらに明順は、従五位下という中級貴族でありながら、道長の妻となったふたりを得んと文を送った過去がある。成り上がるためには、なりふりかまっていられぬと思い詰めた末の暴挙だったが、恥ずべき過去を持つ明順が、道長へ向ける敵意は尖《とが》っていた。

「源氏の姫をお手玉のように扱う方だ。我らが姪、定子様の世話も簡単でしょう」

高階家の四兄弟は、同じ呼吸で扇を口元にあてると、甲高い声で笑った。

――隠花植物みたいな奴《やつ》らだ。

学がある分、陰にこもった質《たち》の四人を、道長は出会った当初から嫌っていた。すると好悪の情が顔に出てしまい、高階兄弟からの反感もいっそうひどくなる。他方、道長の兄である道隆は、この四兄弟にすっかり取り込まれ、実弟よりも、口のうまい彼ら義弟を信用している。

「そもそも中宮の大夫は、四位の者のつとめ。私は正三位ですから、今回は……」

「しかし、定子の守役だぞ。他家の者には任せられないではないか」

我が娘のために下の位の仕事を押しつけるのは、道隆が弟の道長を低く見ている心のあらわれでもあったが、その人事を耳元で吹き込んだのは、他でもない高階四兄弟だ。そうでなければ、兄弟ふたりで相談という場に、彼らが居合わせるなどありえなかった。

「兄上、そもそも定子の立后が、なぜ今なのです。父上の喪に服しているのに」

「だからこそだ。父上の威光が消えぬうちに、定子を中宮に立てねばならぬ」

中宮とは、妻を多数擁する帝の嫡妻をさす。

兼家亡き隙に、自分の娘を入内させようと有力貴族が虎視眈々《こしたんたん》と狙う今こそ、定子を中宮の座に据えて、天皇家へ打った楔を不動のものにしなければならない。少なくとも道隆はそう思い、焦っていた。

「兄上も私も、そして定子も、父上の喪に服さねば人の道に外れます」

「人の道より、我が一門の安泰ぞ」

道隆が「我が一門」という裏に、高階家一門が透けて見えた。

——兄上は、彼らに操られ、正気を失っておられる。

怒りに口をつぐんだままの道長を慰撫《いぶ》するように、甥の伊周《これちか》が声をかける。

「私がもう少し出世しておりますれば、お引き受けしますものを」

自分はその官位には達していないから、と謙遜を装う伊周は、左近衛《さこのえの》少将の任についていた。順調な出世コースの途上にあって、女性皇族の面倒を見る中宮大夫のような雑務は余計な寄り道と馬鹿にし、道長を見下した上での発言だった。

叔父である道長に、将来はおのれの下につく身なのだから、妹のために雑務も引き受けよ、と言外にほのめかしているのだ。

八つも歳下《としした》の甥から遠回しの侮辱を受け、道長は言葉を失った。こんな態度を誰が許したのか。

──兄上、そして高階の奴ばら！

道長が黙りこくったのを、兄の道隆は「中宮大夫の件を呑《の》んだ」と誤解した。

「可愛い姪のため、一門の栄えのためと思って、力をふるってくれ」

腹の底にふつふつと滾《たぎ》るものを抑え込み、道長はひとまず兄に従ってみせた。それを伊周と高階兄弟が、当然という顔で見守っている。

伊周の弟・隆家《たかいえ》も、自分たち兄弟の下に道長がつくのが、あるべき順位と思っているらしかった。昨年元服し、すでに侍従として出仕している隆家は、一条帝と義理の兄弟となったことで、十二歳の若さながらすでに自信満々の様子だ。

「叔父上が仕えてくだされば、姉上もさぞ心強かろう」

道長の琴線が、怒りで断ち切れそうな物言いだった。

——この私が、唯々諾々《いいだくだく》と姪に仕えると思ったら、大間違いだ。

関白家の末弟の心のうちに、どす黒いものが広がっていった。


兼家の死から三ヵ月後、定子は一条天皇の中宮として立后した。

この儀に、知恵者と名高い公卿・藤原実資《さねすけ》は憤慨していた。実資は道長兄弟とは〝はとこ〟の関係だが、外戚政治で力をふるった亡き兼家や、その跡を継いだ道隆の強引さに対し、常に批判的な姿勢を貫いている気骨のある人物だった。

「まだ兼家殿の喪も明けぬうちに、立后の儀とはなんたる不孝！」

親の死もないがしろにする道隆の非情に、実資は烈火のごとく怒った。

「こんな不孝をおして立后した中宮が、どこの世にいる⁉」

今に天罰が下ると吐き捨てた実資だったが、立后の儀の当日、人知れず快哉《かいさい》をあげる事態が待っていた。

式を取り仕切る中宮大夫の道長が、こともあろうに欠席したのである。理由は「重服《じゅうぶく》のため」。父・兼家の喪を、姪の立后よりも優先したのだった。

立后の儀式の準備を万全に整えた上での、当日不参加。

これには帝も、道隆ら一族も顔色をなくした。ただし、道長の欠席理由はもっともで、本来ならば、父を亡くした道隆は一年間の服喪の最中である。娘の立后で浮かれるなど言語道断であった。

道隆の傲慢なやり口に辟易《へきえき》していた者は皆、道長の鮮やかなしっぺ返しを歓迎した。その最たるものが、父の喪が明けないうちに晴れがましい場へ引っ張り出された皇太后の詮子だ。兄の都合で、息子もろとも振り回されるのは御免だ、と彼女は思っていた。

一方で、顔をつぶされた中宮定子の悲しみは、喩えようもなかった。

「叔父上、なぜこのような恥をかかせるのですか」

一条帝へ嫁した日、道長は晴れやかに祝ってくれたのに。

定子は涙こそ見せなかったが、その面は血の気を失い、透けるように白かった。

中宮大夫不在のまま執り行われた立后の儀は、表向きは穏やかに終わったが、道隆父子にとっては忘れがたい屈辱の日となった。そして、道隆の専横を面白く思わない貴族たちはといえば、裏に回れば腹を抱えて大笑いした。

「馬好みの道長どのが、道隆の鼻をへし折ったわ」

定子の中宮立后は、叔父の手で泥をなすりつけられた形で始まった。

現在の道長の住まいは、嫡妻・倫子の実家、土御門《つちみかど》邸である。

倫子の自宅である屋敷は、道長の実家・東三条邸から北へ八町ほど上り、大して離れてもいない。だが、中宮立后の儀を欠席してからというもの、道長にとっては近寄りがたい家となってしまった。

「もうじき、花房どのたちがお見えになりますよ」

倫子に狩衣《かりぎぬ》を着せかけてもらいながら、道長は片頬だけをゆるませた。

「今日も賑《にぎ》やかになるな」

元来、政務にさほど熱心でない道長は、気が乗らない時は「物忌みの日」だの「夢見が悪かった」だのと言い訳をつけ、執務を休む。二十六歳にもなって子供じみた態度ではあるが、他の上卿たちも似たようなもので、ずる休みはお手のものだ。

「伯父上、お招きありがとうございます」

花房が賢盛と武春を引き連れて顔を出すと、道長は挨拶《あいさつ》もそこそこに三人を馬場へと連れていった。

道長がにやりと笑う。

「お前はこれから絶対に驚かないと約束するか」

何を言い出すのか、と花房は道長を仰いだ。

「驚くなとおっしゃるのなら、絶対に驚きません」

「ふむ。賢盛と武春はどうだ？」

ふたりの男児は、花房に負けじと胸を張った。

「当然です」

「本当だな、ふたりとも」

足早に馬場へ向かう道長を、三人は小走りに追いかける。その先で見つけたのは、子供用の鞍を載せた三頭の若駒《わかごま》だった。

道長は鼻筋の白い鹿毛《かげ》の馬を引き寄せて、その鼻面を軽く叩いた。

「青嵐《せいらん》の子だ。今日からはお前の馬だ、花房」

「ええっ！」

驚かないと約束したばかりなのに、花房は叫び声をあげた。

「本当に、本当にですか？」

「お前に嘘をついて、楽しいか？　喜ぶ顔を見る方が、よほど楽しい」

感激のあまり口もきけない花房を眺めながら、道長はふたりの男児にも笑いかけた。

「お前たちにも用意した。これからは好きな時にやってきて、好きに乗ればいい」

「ええっ！」

賢盛と武春も、脳天へ突き抜けるような声をあげた。

「俺たちにまで？」

「賢盛はまだわかるけれど、俺なんか単なる友人で」

ふたりは口を開けたまま、気前がよすぎる三位どのを見上げた。

「花房が遠乗りできるようになった時には、お前たちも一緒だ」

従者が主人の供で馬に乗るのはよくある光景だが、その馬を所有するなど夢のような話である。

ふたりの子供が感激に瞳を潤ませているのを見て、道長は満足げに頷いた。

「どんな時も花房の側にいて、守ってやってほしい」

「はいっ」

「調教は済んでいる。乗ってまいれ」

馬へ駆け寄っていった花房たちを見送りながら、道長には覚悟があった。

――私の甥は、もう花房しかいない。

定子や伊周を、これまでのように手放しで可愛がることなどできない。

中宮立后の儀に臨席しなかった道長を、兄の子たちは許しはしないだろう。わかった上で、彼らに恥をかかせたのだ。兄にならば頭も下げようが、甥や姪相手に仕える気など道長にはなかった。

勝ち気で競争が好きな道長だが、家督を継ぐ兄に対しては、それも是なりと受け入れている。しかし、甥や姪に対しては、長幼の序として、こちらを敬うのが当然だと思っていた。ことに甥の伊周が長じたあと、道隆が掌握する権力の座に、そのまま滑り込むのはどうしても認められなかった。

──花房がいるのだ、どうして寂しさなど覚えよう。

初めて走らせた若駒は、花房をすぐに主と認めたらしく、馬場を駆け始めた。

「伯父上、私の馬は疾風《はやて》のように走りますっ」

「ああ、青嵐の子だから、俊足になるぞ」

「この子を疾風と名づけます！」

さらに脚を早めようと、軽く鞭を入れた花房に応え、若駒も嬉《うれ》しげに疾走する。

愛する者がそこにいる。それだけで道長は幸福だった。

第四帖　舞い始めた蝶

先々代の天皇だった円融院《えんゆういん》が崩御し、妻のひとりである詮子《せんし》は出家した。院号は実家にちなんで東三条院《ひがしさんじょういん》である。

出家後ほどなく、詮子は弟・道長《みちなが》が暮らす土御門《つちみかど》邸へと遷御してきた。気の合わない道《みち》隆《たか》夫婦と同じ敷地《しきち》内で暮らすのに、双方が疲れた末の転居だった。

最愛の弟と暮らし始めてからというもの、詮子の愁眉《しゅうび》はひらかれ、女院の内裏には笑い声が満ちるようになった。道長が毎日のように立ち寄るので、それだけでも詮子の機嫌がよくなるのだ。

さらに、愛馬に乗るため花房《はなふさ》たちが連日、土御門を訪れる。すると、詮子のもとへご機嫌伺いに顔をのぞかせるので、ますます機嫌がよくなるという流れだった。

その日、花房が馬場で汗まみれになっているところを、女院の女童《めのわらわ》が呼びに来た。

「花房さま、削り氷《けずりひ》が待っております」

夏の最中の氷は千金に値する。氷室《ひむろ》から出した氷を小刀で削り、甘葛《あまづら》の汁《つゆ》を煮詰めてかけた氷菓子まで用意される歓待ぶりに、花房は目を輝かせた。

「女院さまへご挨拶《あいさつ》に行かねば」

菓子に釣られてやってきた花房たちを、女院が待ち構えていた。

息子の一条帝《いちじょうてい》と離れて暮らす詮子は、息子と似た年格好の童子との語らいで、大いに慰められていた。

「三人とも、馬がたいそう上達したそうですね。道長から聞いています」

「まだまだです。伯父上と打毬《だきゅう》ができるくらいにうまくなりたいのです」

「それでは、稽古《けいこ》を積まねばなりませんね」

削り氷で汗のひいた花房は、女院の言葉に頷《うなず》いた。

賢盛《かたもり》も、我が馬の自慢を述べ立てる。

「私の雷《いかずち》は、花房の疾風《はやて》より気が強いから、打毬になれば負けません」

負けじと武春《たけはる》も、胸を張った。「私の昴《すばる》だって、小回りがきいて」

男子の会話はいつだって勇ましい。詮子と女房たちは微笑《ほほえ》んだ。

「馬の話は今度にしましょう。それよりもお願いがあるのです」

詮子の頼みは、中宮となった定子《ていし》への使いであった。

内裏へ向かう牛車《ぎっしゃ》の中、装束をあらためた花房が座っていた。

同乗した武春は、凜《りん》としたその姿に、なぜかしきりと目元をこすっていた。薄暗い車内で、花房だけが光を放っているように見えたのだ。

――いけない、これは〝惑わしの香〟のなせるわざだ！

衣に焚《た》きしめていた〝反射の香〟が薄れたのか、あるいはうっすら汗をかいたせいで、身体《からだ》から直《じか》に薫るのか、武春には花房がまとう桜の芳香が主張し始めたのがわかる。視界が狭まって、花房の姿だけがぼうっと浮かび上がってくるせいだ。

――これが高じると、がばーっと抱きつきたくなるそうだが……。

赤ん坊の頃から花房と片時も離れない賢盛は、その気配に慣れきっているようで、武春の隣で平然としている。

前のめりになっている武春に気づいた賢盛は、冷たい目をちらりとくれた。

「この暑さで、酔ったか？」

「い、いいや。それより、香を少し足した方がいい」

言われて賢盛は、〝反射の香〟を練った香合を、懐から取り出した。小さな銀のさじに取り、花房の首筋にすり込む。途端に、清涼感溢《あふ》れる柑橘《かんきつ》の匂《にお》いが、暑さに蒸れた牛車の内で涼しく香り立つ。

「……ああ、生き返る」

自分から薫るものの正体を正しく知らない花房は、従者の親切にただ微笑んでいる。

花房の首筋に顔を寄せた賢盛が、息を深く吸い込んだ。

正体不明の焦燥感にジリジリしていた武春も、緊張が解けてほっとする。花房に向かって何かをせずにはいられないような、追い詰められた感覚が抜けていったためだ。

――光栄おじが言う〝惑わしの香〟の恐ろしさとは、こんなものではないのだろう。

薫りに冷静な頭を乗っ取られたら最後、理性の箍《たが》が吹っ飛ぶというのだ。

だが、まだ大人ではない武春には、理性の箍が吹っ飛ぶ状態がいかなるものか、いまひとつ理解できてはいない。ただ、気をつけねば、と思う。

なぜなら花房は、まだ何も知らないのだ。混乱の薫りをまき散らし、国を傾けるとまで予言された当の本人は、〝反射の香〟の役割すら「魔から身を守るため」と教えられ、それを信じて疑わずにいるのだった。


「宮さま、花房どのがおいでになりました」

花房の来訪を定子へ取りついだ女房は、室礼《しつらい》に隙《すき》や乱れがないか確認した。

唐渡りの羅の几帳《きちょう》で飾られた室内は、涼しげに整えられている。

「お通ししてもようございますね」

「東三条院からの可愛《かわい》いお使者ですもの、どうして断れましょう」

女主人の定子が快諾すると、付き従う女房どもは笑いさざめいた。

選《え》りすぐりの才色兼備が集う中宮定子の局《つぼね》は、百花庭園にも似た趣がある。足を踏み入れた者は、その華やかさに圧倒されながら、洒脱《しゃだつ》な会話を愉《たの》しむのだ。

ここは、若い中宮と賢い女たちで構成される、内裏で最も洗練された空間といえた。

通された花房は、ほうっと息をついた。

――いつ来ても壮観だなあ。雲の上の花苑《はなぞの》みたいだ。

定子の内裏へ参じるたびに、花房は圧倒される。中宮ひとりでも輝くようなのに、居並ぶ女房たちの、ほとばしるような才気と自信は、眩《まばゆ》いほどだ。

皇太后の詮子が後ろ盾になっているから、花房も堂々と上がれる。だが、純平《すみひら》の息子という本来の低い身分では、近寄らせてすらもらえないだろう。

――きれいな方ばかりで、見とれてしまうなあ……。

定子に付き従う女房たちの装束の色目がいつもきれいに揃《そろ》っているのは、おそらく誰かが決めているのだろう。そして、襲《かさね》の色目こそ同じだが、布の織りや模様の違いで各人が個性を競っている。華やかであっても、品と落ち着きが感じられた。

「今日は、どのような用向きで来ましたか、花房」

定子の声には、明るく澄んだ中に、張りつめた冷たさが感じられた。

「はい、院より暑気払いの氷をお持ちしました」

夏の暑さをしのげるように、と詮子は氷室の氷を贈答用に包ませた。乗馬のあとに花房たちがあずかったのは、届け物の氷のおこぼれだったのだ。

「まあ、氷を！」

定子は冷たく整った貌《かお》に喜色を浮かべると、最近出仕したばかりの女房へ、削り氷の用意を言いつけた。

「少納言《しょうなごん》、さっそく皆に」

氷が溶ける前に一刻も早く食べようと、女房たちは色めき立つ。貴重品の氷を頂戴《ちょうだい》したら、何をおいても口にするのが贈り主への礼儀でもあった。

中宮に言いつけられた新参の女房は、きびきびと動いた。その鋭い動作や下の位の女房たちへ指示を下す口調は、御殿づとめにしてはせわしない。

──変わった女房だ。

興味深く観察する花房の視線を感じ取った彼女は、不躾《ぶしつけ》なほどまじまじと見つめ返してきた。

──わっ、目が合ってしまった。

花房の方が気をつかって、視線をそらす。いかに御殿づとめとはいえ、女性を凝視するのは失礼にあたるのだ。

ところが相手の方は、視線を外そうとはしなかった。

「少納言、どうしました？」

「いえ、なんでも……」

女主人の問いかけに、新参者の女房は取り繕ったが、視線のきつい瞳《ひとみ》は、花房へ向けた興味を隠そうとはしていなかった。

ご馳走《ちそう》の氷菓子にあずかる騒ぎに紛れて、やがて彼女の興味は花房からそれたが、花房の心には、少納言と呼ばれたこの女房の視線がいつまでも棘《とげ》のようにささっていた。


「なぜお前が、氷なんて高価な使い物を、持ってくるのだ」

定子の前を退出した花房の背中を追いかけてきたのは、帝《みかど》からの文《ふみ》を届けにきた従兄の隆家《たかいえ》であった。彼は侍従として帝近くに侍《はべ》り、諸事にあたっている。

花房を見つけた隆家は、不快を隠さなかった。姉の定子の内裏とあって、役目も忘れ感情もあらわにする。

「院のお使いだ、お前に文句を言われる筋合いはない。それにお前だってあの氷、喜んで食べていたではないか。中宮さまに、おねだりして」

「うっ、それは……」

削り氷を何杯もおかわりしていた隆家は、バツが悪そうに口ごもる。姉の前に出ると途端に可愛くなるのは、詮子と道長の関係に似ている。

「あ、姉上だけは特別なのだ。お前だってわかるだろう」

下手に出てきた、と花房は相づちを返す。

「わかる。中宮さまのお顔を見たら、どんな男だってグニャグニャになる」

「そうだ。主上《うえ》だって、姉上にはすっかり夢中になって……」

花房が車宿へ着くまで、あとを追いかけながらひとしきり姉の自慢をつづけた隆家は、まだ言い足りないらしく、未練がましく付け加えた。

「姉上について何か知りたければ、俺に聞け。教えてやってもいい」

隆家にしては親切な申し出である。花房はありがたく乗っかることにした。

「中宮さまの女房で、目つきの鋭い人がいたね」

「ああ、清少納言《せいしょうなごん》な」

姿形を告げるまでもなく、目つきの鋭い女房と言えば、まず彼女らしかった。

「アレは清原元輔《きよはらのもとすけ》の娘だ」

彼女が有名な歌人の娘と聞いて、花房は納得する。中宮とのやりとりでも、研ぎ澄まされた感性の持ち主だと、容易に知れた。定子が彼女を重用するのも納得である。

「あの少納言は、中宮さまのお気に入りなのだな」

「今のところはな」

隆家は尊大に鼻を鳴らした。

「姉上の女房の中でも、彼女はことさら漢学に通じていてね、姉上のみならず兄上も気に入っている」

二十代の若さで、主上に漢詩を講じるほどの識者である伊周《これちか》が褒めるとなると、大したものだと花房は感心する。

「それほどの方なら、いろいろと教えてもらいたいな」

「やり込められるのがオチだ。アレは、自分が一番賢いと思って、男をやっつけるのが趣味なのだ。我が兄上でさえ気が抜けないと言っている」

「それはおっかない。おまけに目つきが怖い」

隆家も、言い様のない目つきで花房を見まわす。この不可解な目つきをされると、花房は戸惑う。まるで自分が何か悪いことでもしたかのようだ。

「……アレは女房たちのあいだで流行《はや》っている、小多根《しょたこん》という病持ちらしい」

「その、小多根とは漢語か？」

「小人（少年）を根っから好むこと多し、を略してそう呼ぶのだ、女房ことばで」

「隆家は物知りだな」

感心する花房の肩をつかむと、隆家は首を振った。

「早く元服しろ。小多根の病持ちは、男にだって数多《あまた》いる。お前が今まで無事でいるのは、道長叔父が流した噂《うわさ》のおかげだ」

「噂って、私が花山院《かざんいん》の何とかってあれか？」

「ああ。花山院の落胤《らくいん》だと疑っているから、誰もお前に無体はしないが、お前の後見が道長叔父だけと知れたら、すぐさま攫《さら》われて、ふんじ籠《こ》められて、めちゃくちゃにされる」

花房には、隆家が顔色を変えて話す内容がよくわからない。きょとんと首をかしげた。

「めちゃくちゃとは、殴ったり蹴《け》ったりか」

「……お前、まだ子供なのだな」

隆家は、同情しきった様子でかぶりを振った。

「乳母に相談して、早くどこかで大人にしてもらえ。意味がちょっとはわかる」

「ありがとう、帰ったら相談してみるよ」

まだ言い足りない顔つきの隆家を残して、花房は帰路についた。

すると牛車の内で、異変が起きた。身体の奥からじわじわと痛みが襲ってきたのだ。

「――うっ、腹が痛い」

「ははは、氷の食べすぎじゃないか」

笑い飛ばそうとした賢盛が、花房の白い貌がさらに青ざめているのに気づく。

「家までもつか？」

「よくわからないが、痛いのだ」

急ぎ帰り、手水《ちょうず》の間へ飛び込んだ花房は、悲鳴を上げた。

「乳母やっ、来ておくれ！」

清器《しのはこ》をのぞいて、ぶるぶると震える。

「血が、血が……！」

これは大変な病になってしまったと、花房は思った。

鈍い腹痛もつづいている。自分はこのまま死んでしまうのだろうか。

菜花《なばな》の局《つぼね》が飛んできて、青ざめた花房を床《とこ》につかせた。

「局よ、私はどうしたのだ」

普段は快活な乳母も、うまく言葉が出ないようだった。賢盛も部屋の隅に侍して、黙りこくっている。だが、花房ほどの動揺はないように見えた。

「……私は、病気なのか？」

「いいえ、病ではございません。詳しゅうは……その」

がばと菜花の局は伏したまま動こうとせず、賢盛がゆっくり立ち上がった。

「隣を呼んでくる」

両親と乳母親子が揃ったところへ、隣接する邸《やしき》からやってきたのは、陰陽師《おんみょうじ》・賀茂《かもの》光栄と、その従弟《いとこ》の武春だった。

光栄から〝事実〟を聞かされた花房は、しばらく言葉を失った。

「私が、女だと……？」

頭を大槌《おおづち》で殴られたような衝撃が走った。薄暗い邸内へ、真っ白い霧が猛然と立ちこめた気がした。

光栄が神妙に頷く。

「花房様は、まごうことなき女子。しかし、この光栄めが男として育てるよう申し上げ、かくのごとき次第に」

「そんな……冗談」

無理をして笑い飛ばそうとした花房は、両親と乳母親子が絶望的な表情で黙りこくっているのを見て、陰陽師に問い直した。

「血が出るのは病気ではなく……？」

「はい。お子をなすことも可能な、大人の身体におなりになったのでございます」

「馬鹿《ばか》を言わないでほしい」

「いいえ。殿方としかるべき仲になれば、お子もできましょう」

言われて花房は、胸の中を白い砂嵐《すなあらし》が吹き荒れていくのを感じていた。今まで信じていたことの何もかもが崩れていく。

「まさか私が女だと——そんな馬鹿な！」

花房は呆然《ぼうぜん》と、菜花の局に問いかけた。

「私が赤ん坊の時、病気を治すために瓜《うり》を切ったと言ったな。あれは嘘《うそ》か」

「申し訳ございません」

さめざめと泣く乳母を見ると、花房は自分が悪く思えてくる。

「私が女に生まれてきたのが、諸悪の根源と申すのか」

「そうしないために、男として生きていただくのです。これからもずっと」

身体から溢れ出す芳香が、人から理性を奪い、やがては傾国の災いとなると言われても、花房にはまるで実感が湧《わ》かない。

「光栄どの、私がいつ、人を惑わしたのか」

「男も女も動物までも、たいそうおかしくしています。それも〝反射の香〟で抑えてのこと。垂れ流しにしたら、どれほどの被害者が出ることか」

「垂れ流しとは失敬な。それではまるで私が汚染物質ではないか」

「〝惑わしの香〟も適量ならば愛嬌《あいきょう》ですが、花房様の場合、天災の域です。そうでなくても、あなたが女と知れたら最後、大勢の男が正気を失って争いましょう」

花房は、鈍い痛みを抱えた腹部に手を置いた。

「女子でなければ、この痛みも消えて、争い事もなくなるのだな。よし、光栄どの、あなたの陰陽《おんよう》の術で、私を男にしてくれ」

「……無理をおっしゃいますな」

できればとうにしていると言いたげに、光栄は深いため息をついた。

「あなたは式神だって使う陰陽師だ。ならば私を男にするくらい」

「できませぬ」

「たかが瓜一本はやすだけではないか」

「市場で買ってくるのとは、わけが違います」

「そんな無能なのか、陰陽道の宗家のくせに！」

いかに理不尽な運命を背負っているかを知った花房は、ついに耐えきれず泣き伏した。

「何の咎《とが》あって、こんな因果な身体に生まれたのか」

両親の純平と恵子《めぐみこ》も、声をあげて泣いている。

「この子が男に生まれ変われるのならば、私の命など惜しくもないものを」

「宿業ゆえ、純平殿の命と引き替えでもかないませぬよ」

妙に冷静な陰陽師は、涙をこぼす大人たちを連れて部屋を下がり、花房は幼なじみふたりと残された。

「賢盛と武春は、私が女だと知っていたのか？」

しゃくりあげながらも、花房は幼なじみたちに、問いたださずにはいられなかった。

「俺はずっと前に、母上に教えられた」

「俺は光栄おじから。花房は女だから、守っていけって」

「……知らずにきたのは、私だけか」

花房は、全身から力が抜けるようだった。今までの人生が空《むな》しくさえ思えてきた。

「身体が大人になったせいで、私は女として暮らすのか」

賢盛と武春は、慌ててそれを打ち消す。

「いや、身体が女なのは仕方がないけれど、花房が男でいれば、皆平和だ」

「俺たちもずっと一緒にいられる」

幼なじみの言葉に、花房は勇気づけられる。

「……男でなくても、私はこのままでいいのか？」

「ああ、瓜なんかついていなくても、花房は立派な男だ。俺が保証する」

「じゃあ、あの重そうな衣を重ねて、屋敷《やしき》の奥に閉じこもっていなくてもいいのだな」

武春は、首がもげそうなほど頷いた。

「そうとも。一緒に馬に乗って、遠乗りしたっていいんだ」

するとと花房は、男として生きることに何の不自由もないと気づく。それどころか、女性に当然の束縛から逃れて、楽しく生きていけるではないかとさえ思えてきた。

「私は出家しなくてもいいのだね」

「出家……」

賢盛と武春は、それこそこの世の終わりという顔をした。

「あのな、花房。それは何の解決にもならないぞ。花山院がいい例だ」

武春が渋い顔で言う。

先代の帝・花山院は、愛する女御の死をきっかけに出家した。だが、当座の悲しみが癒《い》えると、数多の女性を訪ね歩くようになり、仏門に入った者とは到底思えぬ暮らしぶりで知られている。

その派手な女性関係ゆえ、花房を隠し子と誤解する向きも多い。おかげで間接的に救われてもいたのだが。

「花山院かぁ。確かに出家しても、迷いはつきものらしい」

「それに、お前が尼寺にはいって、やっていけるか？」

賢盛が苦い顔で言う。

寺に放り込まれ、ぽつねんと座る我が身を想像して、花房はおぞけをふるった。

「うわあっ、この世の地獄！」

悪い想像を振り払おうと、花房は頭を振った。馬にも乗れず、話の合わない女性たちに囲まれて、静かに暮らすなど考えたくもなかった。

「女に生まれたってだけで、そんな暮らしができるか」

「よしよし、いいぞ。いつもの花房が戻ってきた」

涙が止まった花房の顔を、賢盛はあやすようになでた。

男として育てられたせいか、それとも生来の明るさゆえか、花房はあまり物事を深刻に考えない。深く落ち込んだり、暗い考えに縛られず、嫌な目に遭っても立ち直りは早い。

「女のまま育てられたら、重苦しい衣に埋もれて、屋敷に閉じ込められる生活だぞ。おまけに馬はなし。で、会ったこともない馬鹿貴族を婿に取る」

「それに、多くの男が花房を奪い合って、国が乱れると卦《け》がたってる」

「そんな人生、御免だ」

花房は、きっと顔を上げた。

女と知らされた衝撃はまだ残っているが、女として生きる不自由さを想像したら、今の自分は大変恵まれていると思い直したのだ。

「つまり、女だとバレたら、私は私でなくなるわけだな」

掛けられていた衣をはね飛ばすと、花房は床から飛び起きた。

「絶対にバレてなるものか」

深窓の姫君という名の籠《かご》の鳥になるなぞ、性に合わない。

「光栄どのが、私を男として育てさせたのは、まさしく正解ではないか」

すっかり気を取り直した花房は、賢盛と武春の肩を抱き寄せた。

「私が女でも、嫌わないでくれ」

あとは三人で、うまくやっていく道を考えるだけだ。

賢盛と武春は、花房を見て笑った。

「大丈夫。衣さえ脱がねば、誰にも気づかれずにやっていけるよ」

＊　＊　＊

中宮・定子の視線がわずかに動くだけで、居並ぶ女房たちはすぐに反応する。

何をお望みか、誰に声をかけるのか。女房たちは宮の一挙手一投足に目をくばる。

「ねえ、東三条院さまからの可愛いお使者。名は何でしたっけ」

中宮は女房たちを試すために問いかける。

「藤原《ふじわらの》花房でございます」

声を揃えて答えられ、定子はわざと気のない素振りで会話をつづけた。

「院のお気に入りで、道長の叔父上が後見だけあって、変わった童だこと。この私を恥じらいもせずに見つめてくる」

「無礼でございますね。今度、こらしめましょうか」

女房のひとり、高階碧子《たかしなのみどりこ》が檜扇《ひおうぎ》を閉じると、中空を打つふりをした。

すると定子はかぶりを振った。

「いえ、面白いと言っているの。あの子と遊んでみたいわ、他の上卿《しょうけい》たちには真似《まね》のできない方法で」

ここで一同に、からかうような笑みを投げかける。驚くような、思いもかけない遊びを思いつく者はいないかと。

「宮さま、私に考えがございます」

余裕の口ぶりで返す者がいた。声の主は清少納言だった。

定子のもとへ参じた花房は、目つきの鋭いくだんの女房から物陰へと呼び込まれ、耳に吹き込まれた難題に、頭を抱えた。

「本当に中宮さまが、そのような頼みを私に?」

「そなたにしか頼めないと、それはもうきついご期待で」

「きつすぎます……」

考えさせてください、と内裏を退出した花房は、自邸へ戻るやいなや、隣の光栄の屋敷へ使いを出し、武春を呼び出した。

「花房、どうした?」

月の障りも終わり、女である事実を受け入れてさっぱりとした花房は、盤双六《すごろく》のさいころを弄《もてあそ》びながら、思案顔でつぶやいた。

「武春、お前の知恵を借りたい」

花房よりひとつ年下の武春は、いつもは頼られるということがない。見た目だけは誰より大人びているが、年長の花房や賢盛のあとをついてまわってばかりいる。

「俺たちは万策尽きた。お前だけが頼りだ」

珍しいことに、賢盛までもが期待を寄せてくる。

「いいとも」と、武春は誇らしげに腕を組んだ。

「それは助かる」

花房が双六の盤から顔を上げた。

「中宮さまがね、お忍びで内裏を出たいと、たってのお願いだ」

武春が偉ぶっていられたのは一瞬だった。そんな大それた話が、相談事だとは。

「えっ？　俺、易経《えききょう》の勉強が残ってたの思い出した」

「待て」

賢盛は華奢《きゃしゃ》な身体からは想像できぬ力で、大柄な武春を塗籠《ぬりごめ》へ押し込むと、薄い唇を寄せた。

「花房を見込んで、中宮さまが頼んできたのだ」

「でも、そんな大それたこと、人に知れたら……」

「そりゃ大罪だ。中宮さまを攫った罪で、よくて流刑、悪けりゃ死刑」

「どうしてこっちを巻き込む⁉」

慌てる武春に、賢盛が静かに告げる。

「花房と俺だけでできると思うか？　お前の得意な陰陽道の力を借りないと」

無理な頼みである。武春は紙人形を式神に仕立てる術でさえ使えない見習いなのだ。

「俺なんか、何の力もないよ」

「でも、お前には人脈がある」

ぎらりと賢盛の瞳が光った。姿こそ美童だが、なりに似合わぬ剣呑《けんのん》な性質の賢盛に、武春は絶対に逆らえない。

「そんなこと、光栄おじ上に知られたら、俺、殺される」

「断って、俺に今、殺されるのと、どっちがいい？」

これも花房のためだ、と言われて、武春は泣く泣く頷いた。


その人の館《やかた》は、道長の邸宅・土御門邸から小路《こうじ》を一本北へ上った正親町《おおぎまち》小路にひっそりと建っていた。特に荒れてはいないが、きらびやかな風情もなく、来客の車も見当たらない。手入れの行き届いた庭には、船来の植物が数多く見受けられた。

そして邸内は、さまざまな香木の薫りが、いくつもの歌を重ねている。

「ようやくお会いしましたね」

冬の空を映した水面《みなも》にも似た、淡い色の瞳で笑いかけられ、花房は挨拶《あいさつ》の言葉を忘れて見とれてしまった。

まるで瑠璃玻璃《るりはり》でこしらえた人形のようだ——と思った。

「私のような者をご覧になるのは、初めてですか」

館の主人は、氷宮《ひのみや》の陰陽師と呼ばれる、渡来系の陰陽博士であった。

白金の髪と水色の瞳に抜けるように白い肌。遣唐使の船が行き来していた時代に、陰陽道の教えを携えて渡ってきた術者の子孫である。

その特異な姿を隠すために隠棲《いんせい》しているものの、彼も宮中の陰陽師のひとりであり、陰陽の則《のり》に従った香を調じて使う技に精通していた。花房が用いている〝反射の香〟も、彼の手によるものだ。

銀の髪をもつ陰陽師は、花房を愛《いと》おしげに眺めた。

「あなたは〝惑わしの香〟で、珍しい事件まで呼び寄せるようですね」

中宮定子を内裏の外へ連れ出せないかと、無理な相談を持ちかけられた陰陽師は、小さな香合を花房の前へ滑らせた。

「あなたも中宮様も、陽の気の強いお方。そんなおふたりが人目を盗んでどこかへ行くなど、無理な話です。だからこそ、この香をうまく使ってください」

「この香で、誰も私に気づかないと？」

定子は女房たちに重ねた袿《うちぎ》をたくし上げさせ、長い髪を衣の中へ隠して言った。

花房から渡された〝氷〟の塗り香は、伽羅《きゃら》に没薬《もつやく》や蓬《よもぎ》を潜ませた静かな薫りだ。

氷宮の陰陽師の説明を聞いてきた花房によれば、これをつけると沈静しすぎて、周囲の者たちが無関心無反応になるという。まるで氷漬けになったように嗅《か》ぐ者の感性を麻痺《まひ》させるせいで、〝氷〟と名づけられたそうだ。

「本当にこれで大丈夫なのですか」

枲垂《むした》れをした市女笠《いちめがさ》をかぶり、壺装束《つぼしょうぞく》となった清少納言は、不信感に充《み》ち満ちた様子で花房に詰め寄った。

「宮さまに何かあったら、お前、命はありませんよ」

「少納言、脅かしては可哀想《かわいそう》ではないか。私の頼みをかなえてくれるというのに」

入内《じゅだい》して後は自由を奪われ、町を歩くことすらままならない定子は、外出できるとあって浮かれている。十七歳の姫君は、宮中で大人しくなどしていたくはないのだ。

「さあ、花房。その不思議な香とやらを、私に塗っておくれ」

言われて花房は躊躇《ためら》う。

人を無関心にする薫りである。これはよほど強く念じておかねば、内裏を出る前に自分まで定子の存在を忘れてしまうかもしれない。

「そなたの心配はわかります」

定子は女房から赤い糸を貰《もら》うと、花房の左手首へ巻きつけた。

「これでそなたは私を忘れず、無事に外へ連れ出してくれるはず」

暗示をかけるように、優しい声で定子は言う。

なんという機知と自信だろう。花房は胸の奥で花がぽっと開いた気がした。付き従う女房たちが定子にのぼせるのもわかる気がした。

花房は〝氷〟を自らの首筋と手首に塗ると、清少納言へ香合を渡した。

「少納言さま、皆で内裏の外へ参りましょう」

そっと外に出ると、埃《ほこり》の立つ広い道が広がっていた。

二条大路と朱雀《すざく》大路の交わる辻《つじ》は、大内裏の正門にあたる朱雀門の前にある。黄昏《たそがれ》時には、家路を急ぐ牛車や馬が往来し、貴族から庶民まで多くの人が行き交う。

その喧噪《けんそう》のただ中に、中宮定子は立っていた。

その隣には花房が立ち、背後に賢盛と武春が控えている。

先ほど、まだ室内にいる時に、花房が用意した香を定子に塗りつけると、おつきの女房たちがまず、女主人の存在を忘れた。目の前にいる定子のことなど気にもせず、急にくだけた口調でおしゃべりを始めたのだ。

「宮さま、これは……」

ただひとり意識を保っていた清少納言が、定子に唖然《あぜん》とした表情を向ける。

「この香のせいね。大した効き目ですこと」

花房と同じように手首に赤い糸を巻かれた清少納言は、自らの首筋にも香を塗った。

それから、清少納言に手を引かれた定子は、花房の導くまま、難なく内裏の外へ出てしまった。ついに人の行き交うただ中に立ったのだ。

こんな姿で辻に立っても、誰も定子や花房に気づかない、目にもとめない。

「これが自由というものか」

しみじみとつぶやいた定子は、大路の端に立つと深く息を吸い、目をつむった。

人々のざわめきに耳を澄ます。

数多の音、いくつもの言葉。

――神よ、仏よ。聞かせたまえ。

定子はかつてない遊びとして、黄昏時の雑踏で聞こえる音から未来を占う「夕占《ゆうけ》」を行おうと思い立ったのだ。これこそが、彼女が外に出たいと願った理由だった。

人の顔色を見て卦を述べる宮中の陰陽師を、定子は信用していなかった。彼らは気をつかって高貴な者には無難な見立てしか伝えない。

黄昏時の人々は、急ぎ足で通り過ぎる。まさか辻に立つ女が、世をときめく中宮とは露ほども知らずに。

「道長が……」

人の声が渦巻く喧噪で、その言葉が突然、定子の耳に飛び込んできた。確かに「道長」と聞こえた。

「災い」という言葉が、定子の耳を打った。

「滅ぼす」

「彼女は……」「終わる」

切れ切れに聞こえる道行く人の声が、定子の中でつながった。

――今、聞こえた言葉が、夕占の答えなのか。道長の叔父上は、私にとって敵か。

「そんなことが……あっていいわけない」

絞り出すように言うと、定子はその場にしゃがみ込んだ。

「宮さま、いかがなさいました」

人いきれに半ば酔っていた花房は、その気配で我に返る。青ざめ、うずくまる定子の様子は、ただ事ではない。

「いけない、もう帰りましょう」

花房が定子の手を引こうとした、その時。

「なんなら俺たちが手伝おうか」

振り向くと、どこの家中の雑色《ぞうしき》だろうか、いかにもガラの悪い男たちが数人、こちらを興味深げに見下ろしていた。

その時、花房は銀髪の陰陽師からの警告を思い出した。

――〝氷〟の香は効き目は強いが飛びやすく、効果が長つづきしない。

花房は舌打ちした。相手ははっきりとこちらを見ている。たぶん〝氷〟の効果が切れたのだ。

助けを求めて慌てて武春の姿を捜したが、彼はいつの間にか、男たちの一団に行く手を阻まれていた。

「見れば、おきれいな女房どのだ。道に迷われたか？　館まで送っていこう」

酒臭い息を吐いた男が伸ばした手を、清少納言が勢いよく振り払った。

「無礼な、離れなさい！」

鋭く叱責《しっせき》され、男たちの顔色が変わった。

「人がせっかく親切にしているのに、なんだ、このアマは」

男と見ればやり込める癖のある清少納言が相手では、事が大きくなる。

花房は、すぐさま定子の前に立ちふさがった。

「お許しください、悪気はないのです」

宥《なだ》めようと花房が上目遣いで見つめると、男たちの顔色は、またまた変わった。

「ほほおっ、これは……」

「悪気がないとはありがたい。てことはよい気はあるのだな」

賢盛は花房を後ろに隠すと、鋭く睨《にら》みつけた。

しかし男たちは、ひるむどころか喜色を増した。

「おっとぉ、そちらのとは毛色が違うが、たいそうな美形が、もうひとり」

「これは愉しませてくれそうだなあ」

美童ふたりに目をつけた雑色たちは、意味ありげに目配せを交わす。

「賢盛、なんだかよくない気配がするのは気のせいか」

「残念ながら花房、その予感は当たってる。とてつもなくヤバい」

じりじりと下がった賢盛は、太刀の柄《つか》に手をかけた。

賢盛は少年ながら、並の大人ならば簡単に叩《たた》きのめすほどの腕を持っている。道長が、検非違使《けびいし》や近衛《このえ》の武官たちに指導させているためだ。

しかし、勝てるのは並の使い手を相手にした場合だ。荒くれ者に集団でかかられたら、負けるのはわかっていた。

「花房に手を出すなっ」

ようやく追いついた武春が男たちへ突進したが、あっけなく振り払われる。

貴族に雇われた雑色たちは、気が荒く素行も悪い者が多い。主人の前でだけは行儀よくしているが、監視の目が届かなくなれば、やりたい放題だ。

さらに、京の都は治安が悪い。姿のよい女や童子が、屈強な供も連れずにうろつくのは、攫ってくださいと言わんばかりの無謀でもあった。

「花房ひとりなら一緒に走って逃げられるが、大変なお荷物がいるからなあ」

賢盛がぼやく。定子と清少納言が足手まといと言いたいのだ。

「置いて逃げるなど、できるわけないだろう」

花房は唇を嚙《か》みしめると、刀の柄に手を添えた。

「おお、こちらの童もやる気だ」

男たちはドッと笑った。

「私はどうなってもいい、宮さまを連れて、賢盛は逃げろ」

「馬鹿を言うな」

先に突撃した武春は、男たちに小突かれてヨロヨロしている。

もっと早くに〝氷〟の香を塗り直していれば……と後悔する花房が、ついに刀を抜きかけた時、割れんばかりの大声が、緊張した場の空気を破った。

「弱い者いじめも、その辺でやめないかっ。でないとお前らの首が飛ぶぞ」

雑色の集団を押しのけて、大柄な男が花房たちの前に立った。

「隆家っ！」

驚く花房には目もくれず、隆家は雑色たちに刀を突きつけた。

「俺は右近衛《うこのえの》中将、藤原隆家だ。命が惜しくなくば、かかってこい」

邪魔者の乱入に気色ばんでいた男たちも、その名を聞いて我先にと逃げ出した。隆家は荒くれ者の中将として名を馳《は》せていたからだ。

名乗りの一声で戦う相手に逃げられた隆家は、ためていた怒気を発散できぬ不満に肩をいからせると、花房へ向き直った。

「お前は馬鹿か。役に立たない童などつけてうろつくから、無頼に絡まれるのだ」

助けてもらったばかりだというのに、花房は柳眉《りゅうび》を逆立てた。

「賢盛たちを役に立たないとは聞き捨てならない。馬鹿はお前の方だ」

「なんだと」

「無頼相手に自ら中将と名乗る馬鹿がいるか」

「この俺に馬鹿と言うな、馬鹿！」

「関白の息子とは思えぬ軽率を、馬鹿と言って何が悪い」

ふたりの口喧嘩《くちげんか》が勢いを増してきたところで、賢盛が割って入った。

「盛り上がってるとこ悪いけど、花房、まずは中将にお礼を言った方がいいぞ。俺ひとりじゃお前はともかく、あの方たちまでは助けられなかったんだ」

乳兄弟にたしなめられ、花房はすぐさま定子と清少納言に目をやった。すでにすっくと立ち上がった定子は、弟に見られまいと青い顔を背けていた。

花房は、十五歳とは思えぬ上背の中将へ、きちんと頭を下げた。

「助けてくれてありがとう」

「わかればいいんだ。あと、馬鹿は取り消せ」

「いや、それは事実だから」

口を滑らせた花房へ、隆家はもう怒ることをせず、口をへの字に曲げた。

「確かに俺は、兄上や中宮さまほど賢くない。一族で俺と同じくらいの馬鹿は、道長叔父くらいだ。考えなしでかっとなる」

何を言い出すのだろうか、と花房は不安になる。

「道長の叔父上は、つまらぬ意地を張って、姉上に恥をかかせた大馬鹿者よ。この恨みは、いずれ晴らさせてもらう」

そう言うが早いか、隆家は花房の顎《あご》を長い指で持ち上げた。

「道長叔父は見限って、我が家についた方が身のためだぞ。なんなら俺が父上に取り持ってやってもいい。そうしないと、お前も道長叔父と一緒に沈むからな」

花房が答えあぐねていると、隆家は傷だらけになった武春を従者から渡され、その肩を叩いた。

「こいつがそこで殴り合ってなかったら、見過ごしていたところだった。ひとりで何人もの男相手に戦っていたのだから、大したものだ」

「武春っ！」

衣は破れ、口の端から血を滲《にじ》ませている武春に花房は駆け寄った。

花房たちを助けようと奮闘し、力足らずに足蹴《あしげ》にされていたのを逆に助けられ、忸怩《じくじ》たる思いで顔も満足に上げられない少年に対し、隆家は嬉《うれ》しげだった。

「あと何年かしたら、大した武者になる。お前、花房の従者などやめて、近衛の武人にならないか」

「俺は、陰陽の道を修行する身ですから」

「勿体《もったい》ない」

隆家は、逞《たくま》しく育ち上がりそうな少年陰陽師の手足を値踏みした。

「陰陽師でも武道の心得はあった方がいい。習いたくなったら、来い」

武春の肩を無造作に叩いて、よくやったと伝えると、隆家は従者の手も借りずに馬へとまたがった。

「花房、本気で考えておけよ。お前らまとめて、俺が面倒見てやるから」

言うだけ言うと、隆家はさっさとその場を立ち去る。市女笠の奥から、弟を注視している定子には一瞥《いちべつ》もくれずに。

「花房。近衛中将は、いつもあのような態度なのですか?」

「はい。常に堂々とした態度で……」

人を人とも思わぬ態度とは言えず、花房は言いつくろった。しかし隆家が、無頼の徒から助けてくれたのは意外だった。

「まさか、救いの手を差しのべてくださるとは思いませんでした」

「隆家は気立てこそ荒くても、根は優しい子です。それにしても、お前はたいそう気に入られているのね、花房」

「私が、隆家どのに?」

会えば嫌味しか言わなかった従兄《いとこ》が、今日は珍しく親切だと驚いたくらいだ。花房にしてみれば、中宮の言には、すぐに承服しかねた。

「ほほ、人に好かれ慣れていると、案外気づかぬものですね。道長の叔父上も……」

言いかけて、定子は口をつぐんだ。浮かべた笑みが、すっと消えていく。

花房は、それに気づかなかった。

＊　＊　＊

純平の館から内裏へ、使者が走ったのは、その年の暮れであった。

御神鏡を祀《まつ》る温明殿《うんめいでん》で催された内侍所《ないしどころの》御神楽《みかぐら》のあと、気分が悪いと床をとった純平が、急な発熱で人事不省に陥ったからである。寒さの厳しい師走に、御殿の庭で行われた行事で風邪をひき、もとより蒲柳《ほりゅう》の質《しつ》の純平は、翌日には高熱で意識も失っていた。

容態の急変に家人が気づいた時はすでに手遅れで、薬師《くすし》の訪れを待たずに、純平はあっさり息を引き取った。

花房は涙を見せまいと、気丈にこらえていた。

――こんなにもあっけなく、人は逝《い》く。

「早すぎるぞ、純平。花房は元服もまだの子供ではないか」

内裏から束帯姿で駆けつけた道長が、冷たくなった異母弟に語りかける。

恵子は、道長の訪れを聞いても奥へと下がらず、夫の手を握ってすすり泣いていた。夫と家族以外の男性には顔を見せないというしきたりすら、忘れているようだ。

「私もすぐに出家して、あなたを弔って暮らします」

妻としては殊勝な心がけだが、聞いて道長は青ざめた。

「恵子殿、花房はまだ元服前。母親のあなたが側《そば》にいなければ」

「いいえ、私は死んだも同然。純平さまと一緒に、この世での生を終えたのです」

父を深く愛した母の、決意は固い。

花房は何も言わずに自室へ身を隠した。

父を亡くしただけでも辛《つら》いのに、母は俗世とともに自分も捨てるという。両親の仲がよいのを知っているだけに、出家を止めるわけにもいかない。

――私は、父上のみならず、母上までも失うのか。

父の葬儀が終われば、自分は孤児になるのだ。突然の孤独に湧く涙を、花房はそっと指先で押さえた。

女ならばあられもなく泣けもしようが、男として生きるよう定められた花房は、涙を呑《の》むしかない。

「なあ、賢盛。明日から私も、どこかの家へ奉公しないといけないな」

「心配するな。俺が稼いで、お前ひとりくらいは食わせてやる」

「稼ぐって、どうやって――」

「いざとなれば、俺の美貌《びぼう》で公卿《くぎょう》をたらし込んでだな……」

落ち込む花房を励ますための冗談なのだろうが、賢盛が口にするとまるで洒落《しゃれ》にならない。いや、本人は案外本気なのかもしれない。それはそれで怖かった。

賢盛とふたり、これからどうやって生きていこうかと思案していた花房は、突然背後で咳払《せきばら》いをされ、障子を振り返った。するとそこに、怒りで目の吊《つ》り上《あ》がった道長が立っていた。

「慰めようと来てみれば、賢盛とふたりして、何を相談している」

「私は親のない孤児になるのです。身の振り方をあれこれ思案して」

「この馬鹿者っ！」

道長は花房の細い肩をつかむと、力まかせに揺さぶった。

「私がいるではないか。こんな時こそ私に頼らずに、どうする」

「だって」

「純平がお前に何をしてくれた？　今日までお前を真《まこと》に慈しんで育てたのは、他ならぬこの道長ぞ」

言われて花房は気づく。確かに父の純平は優しかったが、漂う雲のような頼りなさで、子育てに真剣になることはなかった。得意の管絃《かんげん》の道を教え、和歌を詠む時だけは嬉しげに花房をかまってくれても、もっぱら風雅の世界に生きて、家では母の恵子に甘える一方だったのだ。

その分、道長の力強い腕が、花房を陽射《ひざ》しの眩《まぶ》しい馬場や野山へと連れていった。花房を甥《おい》と信じて疑わない彼は、男児に必要な冒険を、常に用意して待ち構えていた。

――伯父上が、私を育ててくれたのだ。

花房は、改めて道長を見た。こめかみに青い筋が浮いていた。真剣に怒っているのだ。

「お前が純平の子だから、仕方なく面倒をみたと思っていたか」

なかった。

「純平がお前を置いて逝ったからには、私に何もかも委ねてくれ。お前ひとり、私が支えてみせる。これでも権大納言だぞ」

道長はすでに上級貴族の仲間入りをした身である。妻ふたりを娶《めと》ってはいるが、その気になれば別宅を持つ財力も有している。花房を丸抱えするくらい、決して難しいことではなかった。

「何の遠慮もいらない。こんな時こそ、存分に頼ってほしい」

ぶっきらぼうな口調だが、これが道長なりの愛情の示し方だ。

「はい、伯父上、甘えます」

花房の強《こわ》ばった頬《ほお》へ手を伸ばすと、道長はがばと胸に抱きしめる。

「辛い時は、無理をせずに泣いていいのだぞ」

そう告げる道長が、胸元の花房よりも先に泣いていた。

「純平め、私が来るまで待てずに逝くとは、薄情ではないか」

道長が大声で泣くものだから、花房も滲《にじ》みかけた涙が引いてしまった。

「花房っ、辛いなあ」

「はい、でも伯父上がいるから、もう安心です」

「健気《けなげ》なことを申して、私をもっと泣かす気か」

「思っていません」

誰憚《はばか》らず号泣する道長にきつく抱きしめられ、花房は心安らいでいた。

父を失った悲しみは、時とともに形をなして実感となるのだろうか。でも、今は代わりに道長が泣いてくれている。花房はただ、伯父の胸に甘えかかっていればよかった。

もう、花房に涙はなかった。


父母の死に際して、一年間の服喪は決まり事だ。

花房は、年明けに出家する母を見送ると、道長の館・土御門邸へと移り住んだ。まずはこの館で、鈍色《にびいろ》の衣に身を包み、父を静かに偲《しの》ぶ日々を送るつもりだった。

しかしである。同じ邸内に暮らす女院からは連日のように呼び出しがあり、あちこちへの使いを頼まれて、花房は新年の慌ただしい内裏へと顔を出していた。悲しみに沈まないよう、詮子はわざと用事を言いつけているのだ。

これもまた愛情だと感謝した花房は、暗い表情を見せまいと、笑顔で昇殿する。

「元気そうで安心しました」

女院からの文を携えた花房の顔色を確かめ、定子は居並ぶ女たちの同意を待った。

「中宮さまは、花房どののご様子を深く気にかけておいでで」

「お父上は、まこと清げなる楽人でしたのに、惜しいことを」

女房たちは、口々にいたわりの言葉をかけてくる。ありがたいと思う花房だが、取り巻きの様子をさりげなくうかがう定子が、また何かを企《たくら》んでいると薄々感じる。

御所を抜け出しての夕占から無事に戻ったあとの定子は、花房を信用し、重い衣装では隠しきれない悪戯《いたずら》っ気を見せるようになった。

——あの目。絶対に何か言ってくるぞ。

予感は当たった。定子の紅《あか》い唇が愉快そうにほころぶと、あっさりとこう告げた。

「花房、今度の宴《うたげ》で『胡蝶《こちょう》』を舞っておくれ。私のために」


雅楽寮へ現れた花房を、三人の童はジロリと一瞥すると、すぐに顔を背けた。

得体の知れない者が宴で舞うなど前代未聞のことだ。苦々しさを隠しもしない。

中宮定子の命で晴れがましい席へ引っ張り出されたが、事情を知らぬ者は花房を「目立ちたがりで浅ましい」——と疎むだろう。当の花房こそが、「こんな掟《おきて》破りは許されない」と閉口しているのだ。しかし、定子は意に介さなかった。

「胡蝶を舞えるのは童のうちだけ。花房は、来年は十五になるではありませんか」

定子と取り巻く女房たちは、花房の元服はもうすぐと読み、その前にどうしても『胡蝶』の舞人を演じさせたいようであった。

『胡蝶』は童四人が春の喜びを伝える舞である。中宮が催す『花の宴』は、内輪のみで楽しむ小規模なものだが、帝やその母后《ぼこう》の東三条院ら親族と、お気に入りの上卿だけが招かれるとあって、舞い手も選《え》りすぐりの童となる。

そのひとりに花房が加わると聞いて、面白くない者も多い。元服前の童であっても、帝や中宮に御覚えめでたければ、成人後の出世には有利になる。そのため、殿上人は自分の子弟や縁者に、舞人の大役を仰せつかりたいと望んでいた。

服喪の身の花房が、めでたい宴で舞うなどありえないと、選に漏れた者はひそかに恨む。たとえ中宮定子が決めたことであってもだ。

同じ胡蝶のひとり、藤原清音《きよね》もあからさまに眉《まゆ》をひそめていた。有職故実《ゆうそくこじつ》に通じた能吏藤原実資《さねすけ》を大叔父に持つこの少年は、服喪の禁を破った舞人など認める気はなかった。

視線がぶつかった瞬間、清音が片頬をひきつらせた。予想していたこととはいえ、大した嫌われようだと花房は苦笑する。

——彼の大叔父、実資さまは、道長の伯父上も一目置くうるさ方と聞く。たぶんいろいろと吹き込まれているのだろう。

好きで目立っているのではない。花房を取り巻く人々が勝手に守り立ててくれているのだということを、やがてわかってくれればよいとは思う。

清音は、露骨に嫌悪を示したが、花房から晴れやかな笑顔を返されて、一瞬、目を丸くした。しかしすぐに、表情を消す。

「さすが道長殿が後見だけあって、九条流《くじょうりゅう》が身についておいでだ」

これは完全に嫌味だ。要するに、花房を図々《ずうずう》しいと罵《ののし》りたいのである。

道長や花房の一族は九条流藤原家と呼ばれ、清音の属する一族・小野宮流《おののみやりゅう》とは数代前の先祖を同じくする遠縁である。血がそこそこ近い分、外戚《がいせき》政治で辣腕《らつわん》をふるう九条流に対して、小野宮流の反発はきついものがあった。

花房の笑顔さえ籠絡《ろうらく》の手段と感じたのか、雅楽寮の舞人によって『胡蝶』の指導が始まると、清音はいっそう花房に反発した。

蝶に扮《ふん》した四人が同じ振りをすることで、菜の花畑に遊ぶ蝶の可憐《かれん》さを表す『胡蝶』だが、生真面目《きまじめ》な清音は四角四面な振りを見せた。一方の花房は、踊りの節目にはきりりとするが、軽やかな動きは蝶そのものであった。まるで種類の違う蝶が舞い飛んでいては調和を欠く。

舞人は、花房を真似るよう清音に指導した。四人の呼吸を合わせる際、最もうまい者が手本となるのは当然だったが、

「私の舞に、間違いがございますか」

花房の舞う調子に合わせろと言われ、清音は不満を漏らした。

楽人たちは顔を見合わせた。清音の舞は正確ではあるが、柔らかさと妙味に欠けた。彼

の本質をそっくり映した所作なのだった。

指導が始まってしばらくして、花房が定子の宴で『胡蝶』を舞うという噂は、宮中のあちこちで囁《ささや》かれるようになった。期待が半分、やっかみと反感も半分だ。

花房が舞人の名誉を中宮にねだったという噂まで流れだしたところで、道長が普段は寄りつかない定子の房へやってきた。

「叔父上、お珍しい。私のことなどとうにお忘れかと」

中宮大夫《だいぶ》の役目がら、定子のもとへは頻繁に顔を見せねばならない道長だったが、立后の儀を欠席したあとも、よほどの大事でなければ寄りつこうとしない。そんな彼が、ひょっこりと現れたのだから、誰もが驚いた。

「お願いに上がりました、中宮」

道長がきまり悪そうに頭を下げるので、定子も警戒を解く。

「その様子では、花房の話でも？」

「お察しがよい。あの子を、このたびの宴で『胡蝶』の舞童にとお願いに上がりました」

「それは、とっくに私が」

「だからこそ、私がお願いに上がったのでございます。中宮様の思いつきではなく、道長めが頼みとなれば、世の人は納得しましょう。この無理は道長ゆえと」

親の死すら神妙に悼まず、貴人に媚《こ》びを売るか、という中傷に傷つくのは花房である。定子のわがままを通して、花房が傷つくのを道長は阻止したいのだ。

血色のよい道長の顔色が、心なしかあせているのを、定子は複雑な思いで見る。

——姪《めい》の私には恥をかかせて、甥のためには頭を下げますか。

皮肉なもので、夕占を聞いた黄昏《たそがれ》から、定子は叔父の道長へ対する怒りを捨てていた。対立するのが宿命と、大路に渦巻く声は告げたと考えたのだ。

その声を聞き入れた時、道長に対する思慕も期待も捨て去り、単なる臣下と見るようになっていた。期待を抱かねば、裏切られたと苦しむ必要もない。これから先、どのような諍《いさか》いが生じようとも、中宮として対するのみだ。

甥を心配するあまり、悪役を引き受けるつもりで道長は定子に頼みにきたのだ。

「叔父上、あいわかりました。お望みどおり、花房に胡蝶を舞ってもらいましょう」

「お気づかい、心より御礼《おんれい》申しあげます」

「叔父上が頼みにきたと、東三条院さまにもお知らせしないといけませんね」

道長が花房を胡蝶に推したと、定子が義母の詮子への便りに記せば、いかに後追いであっても、道長がこの件を推し進めたことになる。そして中宮と女院に仕える女房が、それぞれの知己《ちき》に知らせて、道長の責任という噂が回るはずだ。

満足して去った叔父の背を目で追いながら、定子は傍らの少納言につぶやいた。

「叔父上は、お気に入りの馬と同じくらい、甥は可愛がられるのね」

「宮さま、その件について、面白い話を耳にしております」

清少納言の細い目が、妖《あや》しくきらめいた。


青の地色に蝶の刺繡《ししゅう》を散らした袍《ほう》が、『胡蝶』の装束だ。袍は背面の裾《すそ》を長く引きずる尻長《しりなが》で、その裾の動きが優美さを感じさせる。背には蝶の羽をつけ、頭には唐草の透かし彫りの冠と山吹の花、手には山吹の枝を持って、装束は完成する。

「よく似合っています」

装束を花房に着せかけ、道長の妻の倫子《りんし》は満足げにため息をついた。花房の胡蝶姿は、どこの御曹司にも負けない美しさだった。

この舞の振り付けは倫子の祖父である敦実親王《あつみしんのう》である。祖父由来の舞を、自分の家で世話をする見目よい花房が舞うとあって、彼女も我がことのように誇らしく思っていた。

「いつの間にか、伯父上が私を強引に『胡蝶』にしたと噂が立っています。本当は中宮さまのお言いつけなのに」

花房に言われて、倫子は頷いた。

これは道長が政治家としての腹芸を、少しずつ覚えてきた証拠だった。

「我が殿は、直情に見えて、案外と計略家かもしれませんね」

かつて定子の立后の儀を欠席した際は、個人的な感情だけで軽率に動いていたのだが、その時すら誰ひとり表立って道長を責める者はなく、褒める向きさえあった。深慮遠謀はなくても、公卿たちの空気を直感的に読んでの行動だったようだ。そのあたりは、天性の政治家ともいえた。

「私を守るためですか。ありがたい」

その噂が立ってからというもの、胡蝶役の他のふたりの御曹司は、花房への反感を捨てたようで、舞の稽古でも息を合わせてくれるようになったのだ。

「ただ、藤原清音という御仁だけは、私とソリが合わないようで、当日が不安です」

四角四面な振りをする清音の舞を真似て、花房は苦笑する。あれではまるで武道の稽古だと思うのだが、本人は至って真面目なため、苦笑いするほかかない。

「花房どのを真似すればいいのに、意地を張っているのですね」

振り付けは、童舞のため単純なものだ。技量よりも姿の優美さが重視される舞なればこそ、蝶の軽やかさが必要だった。

「当日、清音どのに蝶の精でも舞い降りてくれればよいのですが」

倫子と笑い合った花房だったが……。


「これは、どうしたことだ？」

花の宴の当日。

中宮の住まう登花殿《とうかでん》の孫廂《まごびさし》を仕切り、舞人の控えの間としていたが、装束を運び込んだ花房は、先に着替える者のために席を外していた。

そのわずかな時間に、装束が汚されていたのである。道長の引き立てで晴れがましい場に出る花房に、恥をかかせたい者の仕業だろう。

「袍の胸か。隠しようがないな」

花房の横で、賢盛が肩をすくめた。

装束の正面には墨痕《ぼっこん》も鮮やかに、一筆の悪意が走っている。

「どうする、賢盛」

「墨をつけられたら、落としようがない」

呆然とする花房を尻目に、賢盛は共に昇殿した武春をじろりと見た。

「俺たちがふたりもいて、なんてざまだ。どっちか見張りに残るべきだった」

「俺なら……」

怒りに満ちた視線で、控えの間にいる者すべてを睨み殺しそうな賢盛に、武春はおそるおそる提案した。

「……こういう時こそ、卦をみる、かな」

「式神ひとつ使えないお前が、卦をたてるだと？」

疑いの眼差《まなざ》しでそう言われては、武春も引っ込みがつかない。

「式神は無理でも、占いくらいは！」

「何もしないよりはマシか……」

武春は庭へ降りると、携帯していた式盤を取り出し、危機を脱する吉方《えほう》を占った。

「花房を助けるためだ。教えてほしい、十二月将《じゅうにげっしょう》よ」

武春は小さく息をついた。

式神を使えないので、占いを頼む神に対しても実感がない。いつの日か、目に見えない彼らと対話したいと願ってはいるが、如何《いかん》せん力不足なのだ。

式盤に意識を戻した武春は、花房の生年と今日の日時など、必要事項に従って二枚の盤を動かしていく。

卦は十干《じっかん》が「丙《へい》」、十二支は「卯《う》」が吉方と出た。

「丙は三、卯は東。三と東……」

武春は、はじかれたように声をあげた。

「東三条院さまが、助けてくださるかもしれない！」

花房は、かぶりを振った。

「女院に伝えて事態が変わるとは思えないよ」

「でも、卦が告げている」

武春は、普段の遠慮がちな態度をかなぐり捨てると、花房の腕をつかんだ。

「花房が行かなきゃ駄目だ。直に女院さまと話して、助けてもらわないと」

「院には、ご迷惑なだけだ」

「そんなの、頼んでみなけりゃわからない」

強引に花房を引っ張り、武春は牛車へと乗り込んだ。

花房は勇気を振り絞って、参上を申し出た。

東三条院が内裏へ向かおうかというその時に、花房の牛車は土御門へ到着した。

「土御門邸へ急いで」

「苦しゅうない。花房をこれへ」

詮子は、あっさりと許して、牛車から顔をのぞかせてくれた。

花房は恐縮しつつ、事の次第を述べた。内裏へ出立しようという女院の足を止めた無礼は覆せない。ならば窮状をつつまず述べて、助けの手を借りたいと思ったのだ。

「私の不注意で、舞の装束を汚されてしまいました。これでは、中宮さまに対し……」

「皆まで言わずともよろしい」

牛車の奥で、詮子は傍らの女房へ囁いた。

「かしこまりました」

女房がひとり、牛車から降りてきた。詮子は愉快そうに言い添えた。

「羽なくば　春の盛りを　いかに舞わん――。答えは、中宮が導き出しましょう」


宴の直前に、女院から急の使いで面会を申し出る羽目になった花房は、定子の前で消え入ってしまいたいと恐縮した。

「院より、急ぎの文と遣わし物でございます」

渡された文を開いた定子は、使い物の衣櫃《きぬびつ》を改めて、皓歯《こうし》をのぞかせた。

「のう、花房。東三条院さまより、羽のない蝶はいかに舞うかとの問いかけですが、この定子に悩む暇《いとま》も与えぬとは、意地が悪い。答えまで用意されてしまいました」

右筆《ゆうひつ》役の女房に筆を取らせた定子は、澄んだ声で問いかけの歌に応えてみせた。

「――八重の衣を　貸せよ山吹」

東三条院が定子へ遣わした櫃の中には、山吹色の袍が四着、整えられている。

花房は、ことの次第に目を丸くした。

一方、すでに着付けた装束を、上着の袍だけ女院からの下し物と即刻改めろと伝えられて、藤原清音は言葉を失った。他の胡蝶ふたりも同様である。

誰かに装束を汚され、その失態にうろたえた花房が姿を消し、清音も舞童のふたりも、目の前が暗くなる心持ちであった。中宮が私的に催す宴で、舞い手が失踪《しっそう》となれば、恥をかくのは中宮自身である。その責任を連座で取らされると、三人が血の気を失っていたところへ、花房は戻ってきた。

それも、舞の装束を替えるようにとの中宮の命をもって。

どんな手を使って、中宮を動かしたのか。それを不審に思うより前に、まずは命じられたとおりに装束を替えねばならなかった。だが、与えられた装束に清音は顔色を変えた。

「羽がない！」

東三条院詮子が、定子へ謎《なぞ》かけと共に託したのは、『胡蝶』の舞人四人に、褒美として与えるはずの山吹色の袍であった。

山吹の花と戯れる蝶を主題とする『胡蝶』の舞は、冠と手に花を添えての出《い》で立《た》ちが常なれば、蝶の羽を外した装束にしろと命じられて、慌てない者はいない。

尻長の袍と羽をつけての舞を、普通の丈の袍で舞うともなれば、舞い手は衣装の助けを借りずに、おのが技量だけで蝶を見せねばならないのだ。

自分へ仕掛けられた嫌がらせが因《もと》で、こんな事態になってと必死に頭を下げる花房に、清音は少しだけ見方を改めた。九条流藤原家の後ろ盾をひけらかすどころか、花房は被害者だというのに謝罪しているのだ。

　女院と中宮の覚えがこれほどめでたければ、敵も自然と湧いてくるというもの。

清音はひたすらに頭を下げる花房へ、冷めた声で告げた。

「装束から目を離したのはそなたの落ち度であろうが、装束に墨なすりつけるとは、けしからぬ輩《やから》がいたものだ。私は、そのような卑劣な手に屈せず、中宮さまから新たな装束を下された花房どのを、頼もしく思う」

　今までそっぽを向いていた清音から、初めて同情の言葉を聞き、花房は驚いた。

「私の手柄ではない。陰陽師の末の武春が、東三条院さまへ相談しろと卦をたてて」

　幼い従者として連れている武春の手柄と聞いて、清音は硬かった表情を解いた。それを正直に話してしまう花房を好ましく思ったのだ。

「私は、今回はお前に従って舞おう。お前は胡蝶に、誰より似ているゆえ」

　青い装束を脱いで山吹色の袍に袖《そで》を通した清音は、それきり花房を顧みなかった。ひとたび筋を通すと決めたら、それが不快であろうともやり抜く潔さに、花房とふたりの舞童は得心する。

　清音さえ息を合わせてくれれば、装束など関係なく舞えるのだ——。

　極上の綾絹《あやぎぬ》を身にまとえば、東三条院が今日の宴のために、どれほど心を砕いているか

も知れた。

花房は、清音の背中にもう一度、頭を下げた。

「ほう……」

胡蝶の四人が、羽のない山吹の袍をまとって舞台に現れると、居並ぶ貴人たちは息を呑んだ。様式美を重んじる舞楽では、ありえない乱調であった。

しかし、きりりと面を上げた花房と清音の澄みきった様子に、場に漂う迷いの気配は一掃された。羽のない蝶が四頭、大輪の山吹の花と化して、大勢を圧倒したのだ。

見えない羽が花畑に風を起こして宴は始まり、列席する人と舞う者は共に春の喜びを分かち合った。

――さすが清音どの、私に合わせてくださる。

四角四面な清音だが、ひとたび花房を真似ると決めれば、鏡に映したかのごとく、ぴたりと息を合わせてきた。

「真に優れた者には、作り物の羽など要りませぬ。さすがは女院さまの御試み。花房と三人は、こちらを嬉しく裏切ってくれました」

定子は姑《しゅうとめ》の詮子を立てる形で、この異例の舞を褒めた。隣に座す一条帝は、母と愛する中宮が、四人の童の腕を試したのが楽しく、声をあげて笑っている。

「この場は私から褒美を下さねば、収まりますまい」

「それがよろしゅうございます。主上からお褒めにあずかれば、彼らは今後いっそう勤めに励みましょう」

女院詮子と中宮定子、ふたりの機知によって花房は難を逃れ、誰も恥をかかないまま花の宴は終わった。しかし、舞人の装束を汚す企みの裏にあったものは定かではない。

山吹の花が、どす黒い悪意を覆い隠して、謎だけが残った。


宮中を飛び交う噂の速度は、ことのほか速い。

女院が仕掛けた試みを、無事にやり過ごして賞賛された四人の童は、元服後の出世は早いとの前評判が立ち、公達《きんだち》女房たちが彼らに送る視線も変わってきた。今までは可愛い殿上童と見下してきたが、ゆくゆくは出世競争に並ぶ公卿の卵と目されたのだ。

「家柄には謎が多くても、出世頭は花房でございましょうか」

「いえいえ、清音もあの知恵袋・実資が血筋。どれほど育つか見ものでは」

花房は出仕するたびにうるさくなる視線に、疲れを覚えるほどだった。こちらが童の身であるのをよいことに、殿上人のなめ回す目つきには遠慮がない。

「賢盛、武春。近頃なぜか、肩こりする」

人の視線も思いがこもると重みをもち、受ける身にはこたえるものである。

美貌が引き寄せる視線のうるささを、無表情と無関心で撥《は》ねのけるのに慣れた賢盛は、すでに背丈が五尺六寸を超えた武春に同意を求める。

「男女を問わずに色目をつかわれちゃ、きつかろう。な、武春」

「それが心配で、俺は毎日、一緒にいる」

先だっての花の宴では、花房へ向けられた悪意を遮二無二防いだが、寄せられる好意を阻む手は限られている。〝惑わしの香〟の力を殺す〝反射の香〟の効果は、飽くまで花房の体臭に引き寄せられた者を正気に戻すだけなのだ。

——でも、あの顔と性格だ。寄りつく者の絶えるどころか……。

武春は、年々厳しさを増していく春の気配に、ぎりっと奥歯を噛んだ。

二条の辻で、ならず者に絡まれた時も、隆家が来合わせなければ花房は攫われて狼藉《ろうぜき》に遭っていたに違いない。そんな危機がまた発生しそうな気配は濃厚である。

——俺が強くならねば。

胡蝶を舞った花房を、殿中の者の多くが手中にとらまえようと狙《ねら》い始めた。それも帝の覚えもめでたい童とあっては、射落とした者の鼻はさぞかし高くなることだろう。

——花房は完全に、恋の競争の盤上に載せられた。

そう思うだけで、武春の胸は締めつけられる。何せ宮中の貴族の二大好物は、出世と恋だ。花房を手に入れて、恋の遍歴に艶《つや》を増そうと思う者、東三条院や中宮の懐へ飛び込もうと舌なめずりする者が数多ひしめいている。

――だというのに、どうして花房は、こんなに無防備なのだ？

武春は言葉巧みな質《たち》ではない。心配しても素直には言えず、常に空回りをする。

「花房、肩が凝るのは運動不足のせいだ」

「なるほど武春、道場へ行こう」

言うが早いか道場へ駆ける花房を、武春と賢盛は追った。

と、三人が駆け込む前に、道場から汗をぬぐいながら道長が出てきた。館を守る武者たちとひと汗流して、やっと役所仕事をする気になったようだ。

「お、三人ともよいところへ来た。賢盛と武春は、徒手でも剣術でも好きなだけ稽古をするがいい。花房には、話がある」

「私もご一緒します」

進みかけた賢盛の襟を、土御門邸の主人は難なくつまむと、道場の奥へ放り投げた。

「話があるのは花房だと言ったぞ。お前は道場で存分に腕を磨け」

「ちっくしょー！」

「私に畜生と叫ぶ童は、お前だけだ。頼もしい。武春と一緒に励めよ」

からから笑うと、道長は花房を私室である塗籠へと連れ込んだ。

塗籠は四方を壁で囲まれた密室であり、館の主人の寝室や大事の隠し場所として用いられる。そこへ連れ込まれた花房は、伯父が真顔になったのを見てとった。

「本日は、私にどんな御用が？」

伯父の目が嬉しげに細められ、花房も呼応するように笑う。

「その顔よ。その花のような笑顔で、女房どもから聞き出してきてほしいのだ」

道長は塗籠の中だというのに、あたりをうかがうと声をひそめた。

「ゆめゆめ漏らすな。中宮の房に、宮中を揺るがす秘密文書が出回っているらしい。その正体を探ってくれ。お前にしかできない頼みだ」

第五帖　花苑《はなぞの》の秘密

宮中と書いて魔窟《まくつ》と読む。いずこの世界も人が集まれば、争いが発生するが、それが権力と富の集中する内裏とあっては、人は魔物と化す。

権力闘争の激しい場所にあって、機先を制するのは、情報戦略に長《た》けた者である。それも正確な情報を、誰より早く手に入れることこそ雌雄を決する大事なのだ。

花房《はなふさ》が、伯父・道長《みちなが》から正体をつかんでこいと頼まれたのは、中宮定子《ていし》の房が隠し持っているらしい秘密文書の内容だった。

命じられた花房は、頭を抱えてしまった。父親がわりの道長が、こちらを信頼しきって頼んできたのだ。どうして無視できようか。

自室で落ち込んでいる花房を心配して、賢盛《かたもり》は葛湯《くずゆ》を手渡した。

「道長さまの頼みだ。断れるわけないだろう」

あたたかい葛湯は、賢盛なりの励ましの気持ちと察するが、花房は伯父の依頼がいまひとつわからずにいた。

「宮廷を揺るがす文書とは、何だろう」

「普通に考えれば、謀反の計画や、偉い方の醜聞だろう」

「どんな手を使っても、全貌《ぜんぼう》をつかんでこいというのだけれど……」

「手段を選ばずとは、穏やかじゃないな」

賢盛は、事の深刻さを理解していない花房を憂う。

「今や宮廷中の人間が狙《ねら》うお前だ。その気になれば、情報はすぐに獲《と》れるだろうさ」

花の宴《うたげ》で舞を披露して以来、花房には覚えがなくても、恋の駆け引きを持ちかけられる機会が増えた。ただし本人は、恋とは無縁の人生を送らなければならないと固く誓っているため、秋波を送られてもいっこうに気づかずにいる。

誘いをひらりとかわされた者たちは「気まぐれな蝶《ちょう》のようだ」と悔しがりながらも、鮮やかに身を翻した花房を憎むどころか、「胡蝶《こちょう》の君」とひそかにあだ名して、誰が最初に射落とすか、賭《か》けの対象にまでなっているらしい。

その噂《うわさ》は、従者の賢盛の耳にまで達していたが、肝心の花房は無頓着《むとんちゃく》なままだった。

「賢盛、すまない。まず私は何をすればいいのだ?」

「普通に笑っていれば、それだけでも目的は半分達成できるがな。俺だけじゃ判断に及ばない。武春《たけはる》を呼ぼう」

しかし、呼ばれた武春も困惑しきっていた。

「危険なことを、道長さまはおっしゃるなあ」

道長は宮廷貴族の嗜《たしな》みである「恋の駆け引き」を道具にしてでも、欲しい情報を取れという。

花房が男に生まれていれば、それも可能であろう。多くの貴族たちは、各所の女房たちに恋を持ちかけては、情報を集めている。それをそっくり真似《まね》ればよいだけだ。

しかし、花房は女であることを隠し、世を偽る身である。恋の駆け引きで情報を引き出すのは、ひとつ間違えれば身の破滅だった。

「でも、女房たちは花房を狙っている。恋の手ほどきをしてやろうとな」

宮廷中の男女が、折あらば隙《すき》あらばと狙ってくる状況に、並の神経の持ち主は耐えられない。そんな状況下でも泰然自若を通しているのは、ひとえに花房の驚くべき鈍感さゆえなのだ。

「花房がその気になれば、どんな相手だって意のままになるだろうね」

花の顔《かんばせ》と声だけでも、人は夢中になるだろう。その上、全身からは〝惑わしの香〟が自然と流れ出ている。花房が自身の魅力を悪用しようと思えば、ことは簡単なのだ。もちろん、確実に国が傾くわけだが。

「気が進まないが、伯父上の頼みだ。無理をしてみよう」

そのように、いったんは決めた花房だったものの……。

まず手始めに花房は、中宮定子の房に数多《あまた》居並ぶ女房のうち、門まで見送りにくる下﨟《げろう》のひとりを牛車《ぎっしゃ》の中へと引きずり込んだ。

賢盛が背後からすかさず花房の首筋に塗り込んだ香の効果で、相手の目つきがトロンと妖《あや》しくなった。

「花房さま、私に御用とは？」

「用って、ちょっと話が聞きたいだけです。深い用ではございません」

「いかようにでも、してくださいませ」

言葉こそしおらしいが、ぐいぐいと身を寄せてくる女をやんわりと押し戻しつつ、花房は訊《たず》ねる。

「中宮さまの房に、何やら不思議な文書があると聞きました。ご存じか？」

「知りませぬ。でも、どうにでもしてくださいませ」

「知らぬとあらば、これまで。では、ごきげんよう」

迫る女房を牛車の外へと追い出した花房は、額に浮かんだ冷や汗をぬぐった。

「無理だ、無理無理、どうやっても無理！　女とは、かくも恐ろしく迫るものか」

「今のは序の口だ。男だともっと大変だぞ」

「ひええっ」

花房は、賢盛から〝反射の香〟の壺《つぼ》を受け取ると、大急ぎで自ら首筋に塗りつけた。

「これで、大丈夫か」

「おさまったかな」

牛車の外に追い出されてもまだあれこれと迫る女房の口説き文句が、ぴたりと止《や》んだのを確認してから、賢盛が車を出すように命じた。

「それにしても、恐ろしい香をつくるものだな、あの氷宮《ひのみや》の陰陽師《おんみょうじ》は」

花房は、実行困難と思われる今回の指令に対し、またしても氷宮の陰陽師を頼らざるをえなかった。真正直な彼女には、情報を得るために偽りの恋を仕掛ける芸当など、はなから不可能なのだ。

そこで氷宮の陰陽師は、花房へ第三の香〝寂《じゃく》〟を与えた。

花房から薫る〝惑わしの香〟に対する〝反射の香〟がある限り、人は正気を保っていられるが、〝反射の香〟の効果をそぐ第三の香〝寂〟を加えると、香の陰陽が相殺し合い、花房の身体《からだ》からは本来の薫りだけが立ち上る。すると向かい合う相手は、〝惑わしの香〟に即座に反応し、一瞬で恋の虜《とりこ》になってしまうのである。

この〝寂〟の香をうまく利用すれば、花房は人を自由に操り、身の安全も守れるだろうと、氷宮の陰陽師が調合したのだが、いざ使ってみると、向かい合う相手の反応はあからさまで、使う花房本人が恐ろしくなるほどであった。

「私、先ほどの女房に迫られるようなことしたかな」

「いや、それこそ本来の花房が、見舞われるべき災難だから」

「女に迫られるのが、私の宿業か」

「いや、男もだ。そっちはもっと用心して、探るしかないね」

花房は、きれいに装った上品な女房が、豹変《ひょうへん》してにじり寄ってきた熱さを思い出す。

「あれが恋する女というものか」

「男が恋に落ちたらもっと大変だから、気をつけろ」

賢盛は冷ややかに言い放つと、乳兄弟を悲しく見やった。

——不憫《ふびん》だ。そして花房を守る俺と武春も不憫だ……。

恋を知らぬまま通さねばならない花房が、恋を仕掛けるなど理不尽な話だが、当人はその矛盾を嘆く前に、聡明《そうめい》な女房が豹変した不思議に悩んでいた。

「女って、怖いなあ」

誰かを恋い慕う切なさを、花房は知らない。迫られる身は、防ぐだけの恐怖でいっぱいなのだ。

「私はこれを、あと何回しなければならないのだ、賢盛」

「情報を取るまでは、死ぬ気で頑張れ。道長様のためだ」

「…………。切ない」

「俺が代われるものなら、とっくにやってるぞ。お前のために」

「楽しくないが、伯父上のためだ。やるしかあるまい」

腹をくるると動じないのは、花房の強みだ。ひとり目の女房が情報源とならないと知ったあとは、籠絡《ろうらく》する女房の位を上げて接近していった。

「ふたりだけで、こっそり話したいことがあるのです」

そう誘い出すだけで、中宮の房に仕える才色兼備たちは、簡単にやってくる。

──きれいなお姉様、ごめんなさい。私はただ、話を聞きたいだけで。

内心で謝りながら女房たちに接近する花房は、〝寂〟の香を塗るが早いか、簡単に落ちてくる彼女たちから、少しずつ情報を得ていった。

──ふむ。どうやらその文書は、中宮さまのお取り巻きの上臈《じょうろう》だけが知るらしい。

欲しい情報を取るが早いか、花房は首筋に〝反射の香〟を塗り、かりそめの恋を終了する。さっさと逃げねば、身が危ない。

──中宮さまのお取り巻きか……。誰が一番、崩しやすいかな。

花房は、定子お気に入りの才色兼備の中で、ふたりだけ毛色が違う者がいると、女房の絵図を読み解いた。ひとりは、やたらと追従《ついしょう》の激しい高階 碧子《たかしなのみどりこ》。もうひとりは、誰より鋭い清少納言《せいしょうなごん》だ。

どちらを崩せば手がかりが得られるだろうと、悩むまでもなかった。

——清少納言は、まず目つきが怖い。どちらかと言えば、高階の碧子さんの方が……。

楽に接触できると思った。事実、接触は簡単だった。

「ふたりきりで話したいことがあるのです。あなたにしか相談できない」

そう持ちかけるだけで、高階碧子も簡単に房へ招き入れてくれた。元服前の少年と油断し、花房の屈託ない笑顔に気を許しての振る舞いである。

「私に相談とは何でしょうか、胡蝶の君」

「まさか本当に、そう呼ばれているとは知りませんでした」

「そう呼ぶと、中宮さまがお喜びになるのですもの」

定子の母方の親族だという碧子は、ことさら中宮を褒めちぎり、時に定子が鬱陶《うっとう》しがるまでに追従する。また清少納言の機知に負けじと、漢学の知識をひけらかす傾向があり、ふたりの競争を中宮は笑って眺めていることがままあった。

「あなたは、本当に中宮さまがお好きなのですね」

「あの方に惹《ひ》かれない者がおりますか」

「確かに」

世間話をしている暇は無駄だ、と花房は隠し持っていた〝寂〟の香を耳の後ろにこっそりと塗りつけた。

途端に、碧子の瞳《ひとみ》が潤んだ。

「花房どの、私には想《おも》う方がいるのです。そんな目でご覧にならないで」

何人もの女房に迫っているうちに、花房は自らの身体がまとっている〝惑わしの香〟の威力が、桁外《けたはず》れだと思い知るようになっていた。ただ側《そば》にいるだけなのに、相手は口説かれていると勝手に思い込んで、しなだれかかってくるのだ。

高階碧子が、定子の兄・伊周《これちか》に想いを寄せているのは、花房もよく知る噂だった。漢学の知識が深い美男子の公卿《くぎょう》として宮中を闊歩《かっぽ》する伊周は、多くの女性たちの憧《あこが》れの的だ。

そんな彼を碧子が慕うのも道理であった。想い人のある女性を口説き落とす身はやましい。花房は逃げたくなったが、それを押しとどめるのは伯父・道長への忠義心だ。

――伯父上、この務めが終わったら、褒めてくださいませ。

道長の陽焼《ひや》けした顔を思い浮かべながら、花房は碧子の手をぎゅっと握ると、その瞳をのぞき込む。

「あなたが伊周どのを慕っているのならば、私も手助けいたしましょう。だから私の願いもかなえてほしい」

「なんなりと」

「中宮さまがお持ちになっている、禁断の文書とは、どのようなものでございますか」

花房の腕に自ら身を投げかけ、ぐんにゃりとしていた碧子は、とんでもない言葉を聞いたというように、ハッと身を硬くした。

「……言えませぬ。それは清少納言が、管理しているものゆえ」

「私が、頼んでも？」

花房の問いに、碧子は困りきっている。

「私は……『切れ長文庫』という名前しか知らないのです。触れさせてはもらえません」

それが秘密文書の名前らしい。花房は手応えある情報を得て、碧子の震える肩をそっと抱いた。

「清少納言が、その『切れ長文庫』を管理している。つまりは、書いているのですね」

「はい。中宮さまの命で書いているのは、わかっているのです。でも、私は清少納言に嫌われているので、遠ざけられているのです」

「女房どのの派閥争いも大変ですねぇ」

取るべき情報は取ったと、身を翻した花房の袖《そで》をつかんで、碧子はすがった。

「行かないで。でも、伊周さまには言わないで」

身と心がふたつに裂けての行動を賢い女も取るのだと知って、花房は心寒くなりつつ、碧子の手を袖から外した。

「伊周さまには絶対に言いませぬ。だから、今日はこれまで」

それから慌てて〝反射の香〟を首筋につけると、途端に碧子は正気に戻った。

「ええと、何のお話でしたっけ」

「あ、それでいいのです」

にこやかに笑んで、花房は彼女の房を急ぎ去った。

――清少納言と中宮さまが、事の起こりらしい。お気に入りの女房さえ選《よ》って、触れないとは、さぞかし危険な文書だろう。大事が起こる前に何とか正体をつかまねば。

花房は、初めて政治の世界に足を踏み入れた自覚を持った。『切れ長文庫』なる文書は誰が何を書き留めたものかが気になり、その夜は満足に眠れなかった。


「お前は馬鹿《ばか》か」

東三条院《ひがしさんじょういん》からの文を帝《みかど》へ届けた帰りの廊下で、花房は隆家《たかいえ》に呼び止められ、そのまま彼の房へ連れ込まれての第一声は、今日も罵声《ばせい》だ。

「筋肉馬鹿のお前に、馬鹿呼ばわりされる覚えはない」

「呼ぶさ。元服前のくせに女房を手当たり次第に口説く輩《やから》を、馬鹿と呼ぶ」

花房が、姉の御殿に居並ぶ女房たちへ声をかけていると聞き及んだ隆家は、事の次第も知らずに、勝手に怒っていた。

「道長叔父の寵童《ちょうどう》のくせに、姉上の女房たちに言い寄って、恥ずかしくないのか」

「は？」

隆家の勘違いは、どこから生じているのだろう。花房は、まなじりを吊《つ》り上《あ》げている従兄《いとこ》をまじまじと見つめて、まずは宥《なだ》めてみた。

「私が女房たちに話すのは、とあることを聞くためで、恋だの何だのは関係ない」

「ああ、そうか。お前には道長の叔父上がいるからな」

「だから、それは誤解だと」

「宮廷中が知っているとも。お前が道長叔父上の寵童で、一緒に暮らしているとな」

花房は、宮廷人の妄想力と、いったん確立した噂の伝達力の早さに舌を巻く。

「一緒に暮らすのは、父上が亡くなったからだ」

「ならば、道長叔父とは何もないというのか」

「あるわけがない。伯父上は、私にとっては父がわりだぞ。なにゆえにややこしい仲になるか」

聞いて隆家は、しばし固まると、眉根《まゆね》をきつく寄せた。

「なんだ、碧子から仕入れた話は嘘《うそ》か。ならば花房、お前……」

手首が折れるかと思うほどの勢いで、隆家は花房の細腕をつかみ上げた。

「俺のものになれ。道長叔父より俺の方が、お前を守ってやれる」

「はあっ？」

突然の申し出に、花房の思考は停止した。なぜ伯父やら従兄やらのものにならねばならないのか、まずそれが理解できなかった。

「隆家、それはどういう意味だ」

「お前は、誰かを欲したことがないのか？」

「ない。それがどうしたのか」

花房の返答を聞くが早いか、隆家の全身が怒りで膨れあがった。

「男も女も虜にしておいて、何も知らぬとは無責任な物言い。お前は、宮廷一の性悪《しょうわる》だ」

「誤解があるようだ。私は伯父上とも女房たちとも何もないし、何かする気もない」

「うるさいわ！」

花房の言い訳を聞かずに、隆家は肩をいからせると去ってしまった。

「なんだ、あれは。私が、何かしたか？」

そっと振り返った隆家の従者たちが、花房の鈍感さを無言でなじっていたが、それすらも花房は気づかないでいた。

――それよりも、『切れ長文庫』なる文書が何かを、確かめねば。

どうやら書き手は、鋭い感性で他者を圧倒する清少納言のようだ。かりそめの誘惑をする必要がある、と考えただけでも気が重かった。

――まずあの方に、人を恋うる気性があるとも思えないが……。

それでも誘惑して、口を割らせなければならない。考えるだけで気が滅入《めい》ったが、翌日の出仕の際には、すぐさま清少納言を口説きにかかった。腹をくくれば仕事は早い。

「私にしか相談できない話とは、何事ですか、花房どの」

「中宮さまがご自慢の知恵者ですから、私の疑問にも答えてくださるかと」

花房の思い詰めた表情に、清少納言はきつい眼差《まなざ》しをゆるめた。

「私でよければ知恵を貸しましょう」

「人に聞かれては困る話なのです」

「それは深刻な」

清少納言は気性こそきついが、人の情には細やかな質《たち》である。相談を持ちかける花房を自らの房へ招くと、まずは話を聞こうと穏やかに水を向けてくれた。

「ありがたい」

花房は隠し持っていた〝寂〟の香を耳の後ろにつけた。途端に、中宮自慢の才女から知性の鋭さが抜け落ちる。

「花房どの、私に何をした……」

「何も。話を聞きたいだけです」

「私には宮さまがいるというのに」

そう言いながらも、清少納言の身は自然と花房にしなだれかかった。

「見つめなさるな、おかしな気分になる」

「では、おかしな気分になる前に、教えてください。『切れ長文庫』とはいかなる文書でございましょう」

「えっ、なぜそれを！」

途端に清少納言は怯《おび》えた表情で花房から離れようとしたが、身体は意思に反して動かない。〝惑わしの香〟に引き寄せられ、花房にすがりついたままだ。

宮中きっての才女も、恋する本能に引きずられては形無しだ。花房は、赤らめた顔を背けた清少納言を、そっとこちらへ向き直させると、潤んだ瞳をのぞき込んだ。

「少納言さま、お願いです。その『切れ長文庫』とやら、拝見させて下さい」

「いけません。あれは宮さまのために書いたもの。宮さまが許した者にしか」

花房に身を投げかけながらも、清少納言は頑《かたく》なに拒もうとする。

——この様子では、よほどの危険な文書らしい。

道長が聞き及んだ噂では、宮廷中がひっくり返るほどの内容だという。そのため中宮も心を許した者にしか閲覧させていないのだろう。

「いけない、花房どの。私に宮さまを裏切らせないでください」

「そこを曲げてお願いしています」

清少納言は、震える手で花房の頬《ほお》をとらえた。

「どうしましょう、私は宮さまに何もかも捧《ささ》げたというのに」

言葉とは裏腹に、清少納言は花房の唇を塞《ふさ》いだ。

「……っ！」

突然、唇を奪われた花房の思考は停止した。恋がひとたび暴走すれば、才女も無茶をする。全身が硬直したままの花房を押し倒すと、ほの白い顔に口づけの雨を降らせた。

「宮さま、お許しください。花房があまりに愛らしいのが悪いのです」

花房は両手で顔を覆いつつ、逃げ出そうと必死にもがいた。

「言ってることとやってることが、大違いです、少納言！」

「ああ……私を止めてください、宮さま。このままでは、花房どのと罪を犯してしまいます」

女の細腕がこれほど力強いのか、と花房は驚きながら、必死に身体を反転させると、清少納言を組み敷いた。

「中宮さまを裏切る必要はありません。私は『切れ長文庫』を拝見したいだけです。そのお気持ちだけいただければ、あとはもう……」

「つれない方。まるで浮気な蝶のよう」

清少納言はすねて唇を突き出す。

うっ、と花房はひるんだ。

――でも、ここで逃がしたら、文書には二度と近づけないかもしれない！

花房は意を決すると、口づけを待つ紅《あか》い唇に顔を寄せた。

「私を愛《いと》しいと思ってくださるのなら、ふたりきりの秘密をつくりましょう」

はなから恋とは無縁の身と割り切っている花房にしてみれば、偽りの恋を仕掛けるのは胸が痛む。しかし、清少納言ほどの才女でも、いざ恋の場面になれば、少女のような可愛《かわい》らしさで、こちらの与えるものを待ち望んでいる。

――伯父上の頼みとはいえ……人の心を弄《もてあそ》ぶような真似をして、私は最低だ！

自責の念で息が詰まりそうだったが、花房はえいっと目をつむると、恋に落ちた才女の唇に唇を重ねた。

――人の唇とは、柔らかいものだな。

胸の奥に突き刺さる、柔らかさだった。


清少納言から渡された文書を手に、花房は唇を何度もぬぐいながら、土御門《つちみかど》邸まで駆け戻った。

くだんの冊子を手渡す際、清少納言は涙を浮かべていた。

「これで私は宮さまに、秘密を持ってしまいました」

長い髪も白い手も、中宮に褒めてもらうため丹念に手入れしていたというのに、花房に心奪われて定子を裏切ってしまったと、清少納言はさめざめと泣いた。

館《やかた》へ戻った花房は、冊子を受け取って満足げな道長に、恨みがましい目を向けた。

「伯父上。私は人として、大切な何かを捨ててきたような気がします」

「それが大人になるということだ」

道長は、沈む花房を招き寄せると、冊子を開いた。

「お前の働きで、宮中の騒動が未然に食い止められるかもしれないのだ。何せ天下を揺るがす危険な文書だというからな。さて、何が書かれているのか——」

ごくりと生唾《なまつば》を飲み込み、道長は冊子を繰る。読み進むにつれて、浅黒い貌《かお》が赤らんでいった。

「なんだ、これは。私と行成《ゆきなり》が、そんな馬鹿な！」

「伯父上、いかがされました？」

「何もこうもない。こんなものを中宮たちは回し読みしているのか！」

冊子を押しつけられ、拾い読みした花房の頬も赤らんだ。

上質の冊子には、宮中の貴族の誰々が恋仲である、という情報が妄想逞《たくま》しく書き連ねられていた。道長が顔色を変えたのは、親族の藤原《ふじわらの》行成と男色の関係にあると、まことしやかに記されていたからだ。

「私が断袖《だんしゅう》の道を嗜《たしな》むなどとは、見当違いも甚だしい。花房、お前も大変な目に遭ってるぞ……この冊子の中で！」

「皆までおっしゃいますな。こんな根も葉もない作り話を」

そう宥めながら、花房も読み進めるうちに青ざめていく。並み居る公卿たちから言い寄られ、契りを交わす浮気者として描かれているのが、他ならぬ自分なのだ。

「女人の妄想は……怖い」

後宮で暇を持てあます定子のために、清少納言ら数人の女房が、実在の人物を題材に回り持ちで書いている妄想男色物語が、『切れ長文庫』の正体であった。

「これは確かに、天下を揺るがす文書だ。読んだら誰もが腰を抜かす」

道長は政治家の顔つきに戻ると、冊子を花房の手から取り戻した。

「あたら才媛《さいえん》が、こんな手すさびとは、暇つぶしにしても迷惑だ」

女房たちのあり余る妄想で、立派な男色家に仕立て上げられた伯父は、浮気な寵童として描かれた甥《おい》を気の毒がった。

「このような冊子のために、お前を利用して悪かった」

「いえ、私はよいのですが……」

初めての口づけを清少納言に奪われ、傷つかないといえば嘘になるが、それ以上に彼女の行き過ぎた忠義心と、純愛に傷をつけてしまったことで胸が塞がる。

「あとは私がうまく処理する。この文書が表に出たら、中宮の名折れになる」

　それきり、道長は何もかも忘れるよう告げた。しかし、花房の胸の痛みは、しばらく消えそうになかった。


　翌日、定子の後宮を訪れた道長は、人払いをさせた。

「手すさびにしては、刺激が強すぎますな」

　冊子を渡され、定子は柳眉《りゅうび》をぴくりと上げた。

「それは、ほんのお遊びです」

「あなたは中宮です。その房に嘘だらけの冊子があれば、作り話も真実とされかねない」

「限られた者にしか、回していなかったのに……」

「それでも噂だけは、漏れ聞こえてきました」

　元の噂は、藤原行成からもたらされたものだった。中宮の動きをつぶさに知るために、女房を誘惑して情報を取るのは、宮廷貴族として当たり前の行動である。ただ、その行成ですら、やっとのことで冊子の名と、内容をうかがわせる思わせぶりな惹句《じゃっく》しか聞き出すことができなかった。

　定子は政治家の顔つきを崩さない叔父に、悪戯《いたずら》を見つけられた少女の笑みを返す。

「花房があなたに言いつけたのかしら、悪い子ね」

「別の伝手《つて》ですよ、中宮様。あれは、その冊子を手に入れるために無理をした」

「あの子にねだられて、さすがの少納言もほだされたようですね」

それきり定子は話を打ち切ってしまった。

後日、清少納言は中宮から極上の紙を賜ることになる。

「この定子の下に集う女房は大したもの、と世間が納得するような読み物を書いてください、少納言。あなたならできるはず」

この後、秘密裏に楽しんでいた架空の恋物語を捨て、清少納言は敬愛する女主人のために随筆をしたためるようになる。

定子ご自慢の才女は、切り口鮮やかな文章で、女主人への恋心を綴《つづ》っていくのだ。

第六帖　乱調の風

裏切りは、その身に跳ね返ることも多い。

兄の道隆《みちたか》が関白となり、自身の出世も順調だったはずの道長《みちなが》が、まさにその兄に裏切られたのは、八月に行われた司召除目《つかさめしのじもく》の席であった。

長兄の道隆を扶《たす》ける形で、次兄の道兼が右大臣に任じられ、同時に道隆の長男・伊周《これちか》が異例の抜擢《ばってき》で内大臣の座に納まった。二十一歳の若さで内大臣となった伊周に、八歳歳上《としうえ》の道長は追い抜かれた形の人事である。

この大抜擢は、道隆がおのれの長男に政権委譲する道筋を明らかにするのみならず、道長への意趣返しも含まれていた。定子《ていし》の中宮立后の儀を欠席した道長に対し、娘に恥をかかせたと怒りをためていた道隆は、復讐《ふくしゅう》する機会をずっとうかがっていたのだ。

道隆が道長を軽んじた裏には、妻の兄弟にあたる高階《たかしな》一族の焚《た》きつけもあった。特に、道長の妻ふたりを狙《ねら》っていた高階明順《あきのぶ》の恨みは根深く、甥《おい》の伊周・隆家《たかいえ》に吹き込む悪意も執拗《しつよう》だった。伊周と隆家が道長を小馬鹿《こばか》にした態度に出るのも、高階一族の思惑どおりといえる。

「私が、伊周に頭を下げるのか」

道長はまだ権大納言であり、道隆の後継者の資格が、彼の頭上を飛び越していったのは明らかだ。

「兄上に、こうも裏切られるとは」

この強引な人事に、公卿《くぎょう》の大半も反発を覚えたが、じっと口をつぐむしかなかった。中宮の父から兄へ権力が譲られる流れを覆す力を、誰も持ち得なかったからだ。

除目の発表で蒼白《そうはく》になった道長が、帰宅後、自室へ閉じこもったと聞き及び、賢盛《かたもり》が花《はな》房《ふさ》を促した。

「こういう時、お前にだけは側《そば》にいてほしいと思うぞ」

道長の本性は、大きな子供だ。よく笑い、激しく泣き、人を喜ばせるのが大好きなお人《ひと》好《よ》しで、本来は政治の世界には向いていない性格なのだ。

今宵《こよい》は、兄に裏切られたと嘆き、また孤独に苛《さいな》まれているだろう、と花房は道長の房を訪れた。何を語らずとも慰めになれば、と几帳《きちょう》の内をのぞけば、伯父はまなじりを吊《つ》り上《あ》げたまま杯を重ねている。

「伯父上」

「勝ち誇った伊周の目。あれはまさに虫けらを見下す目だった」

勝ち気な道長には、その眼差《まなざ》しだけでも耐えられない仕打ちであったろう。

花房は伯父の傍らに座ると、手を取った。

「何があっても、伯父上についていきます」

「私には、お前しか甥と呼べる者はいなくなった」

道長は花房を見ない。目元を手で覆ったまま、ぽつりとつぶやいた。

「……見捨てないでいてくれるか。甥に、これからは顎《あご》で使われる身だぞ」

自信を失った道長は、大きな迷子に見える。切なくなった花房は、逞《たくま》しい背中にそっと手を置く。道長の将来に何の芽もないと知れば、宮廷の者たちも自然と遠ざかるだろう。

「ご自分をつまらない者のようにおっしゃらないでください。私がおります」

「お前だけだ、信じられるのは」

道長が目頭から指を離すと、花房の腕をつかまえた。

「宮中で、お前が私の寵童《ちょうどう》だと噂《うわさ》されているのを知っているか」

「それは、あの冊子の……」

「中宮の冊子に書いてあった嘘《うそ》を、本気で信じている輩《やから》が大勢いるようだ」

「まさか」

つかまれた腕が痛い。

「馬鹿な噂だと嗤《わら》ってきたが、今宵ばかりは、あながち嘘ではない気になる」

「まさか……」

「もはや甥でもかまわぬ。私のものになれ」

言うが早いか、道長は軽々と花房をねじ伏せた。大きな瞳《ひとみ》が、濡《ぬ》れていた。

「酔っておいでですね」

「酔うて悪いか。兄に裏切られ、甥に嘲《あざけ》られたのだぞ」

「だからといって、私を寵童にするなど、理不尽が過ぎます」

「お前が愛《いと》しいと思った。だから欲して、何が悪い」

「嫌です。そんなの私が好きな伯父上の振る舞いではありません」

花房は、のしかかる道長に抗《あらが》いながら、涙を滾《たぎ》らせた瞳をきつく見つめ返した。

「私の伯父上は、こんな無体をする方じゃない」

道長は花房の衣をはぎ取ろうとしていた手を止めた。

「伯父上、やめてください。お願いですから」

「……さみしいのだ」

大きな瞳から、涙が溢《あふ》れ落ちた。

「さみしいのだ、花房。さみしくてたまらないのだ」

「わかります、伯父上」

「もうお前しか、私を好いてくれはしない」

そのまま道長は、花房の胸に崩れて、嗚咽《おえつ》を漏らした。

「なぜこうなった。兄上はいつの間にか、変わってしまわれた。私よりも高階家の兄弟を信頼し、私を軽んじ」

花房はすがりついて泣く伯父を、そっと抱きしめた。

「もう道隆伯父の弟でなくても、いいではありませんか。これからは伯父上が一家の主《あるじ》として自分の家族を守って、愛していけば」

妻・倫子《りんし》から譲り受けた広大な土御門《つちみかど》邸には、倫子が産んだ三人の子が暮らし、姉の東三条院《ひがしさんじょういん》も共に棲《す》む。さらに花房も引き取り、はたから見れば道長は一人前の主人なのである。しかし、末っ子の気分が抜けず、いつまで経《た》っても大人になりきれずにいた感は否めなかった。

「私はもう愛される弟ではなく、大勢を愛さねばならない立場になっていたのだな」

「はい。だから、もう泣かないでください」

ふと、道長は正気に戻ったようだった。花房から薫る〝反射の香〟の涼しさで、熱くなっていた頭も身体《からだ》も落ち着いたのかもしれない。

涙を大きな手でぬぐった道長は、花房を広い胸に抱き入れると、優しく撫《な》で始めた。

「今宵はずっとこうしていたい。私を温めてくれ。悪さはしない」

「はい、伯父上」

そのまま花房は、だだっ子をあやす気持ちで、伯父の胸に身を預けた。

「明日からは、また強くなろう。ただ今夜だけは、お前に甘える」

人は成長する時、古い殻を脱ぎ捨てねばならない。この夜、道長が捨てたのは、血族に対する絶対的な信頼と甘えだった。


翌年、十五となった花房は、道長を烏帽子親《えぼしおや》にして元服した。ひとつ歳上の賢盛も同時の加冠であった。

同じ邸内で暮らす東三条院と倫子は、ふたりの童《わらわ》姿を惜しんでいたが、いざ髻《たぶさ》を結い上げると、うっとりとため息をついた。

「花房は桜の精のよう。賢盛は橘《たちばな》かしら。どこの御曹司にも負けませんよ」

女院の詮子《せんし》は、甥の伊周と隆家を快く思ってはいない。言葉の端に、ふたりへの反感がちらりと感じられたが、花房だけはそれに気づかずにいた。

内大臣となった伊周と、その兄に常に寄り添う隆家。宮中で傍若無人な態度を取るふたりを、多くの宮廷人が苦々しく見ていた。

伊周たちの自信を裏打ちするのは、姉妹の定子が一条帝《いちじょうてい》の唯一の妃《きさき》として、寵愛《ちょうあい》を独り占めしている事実であった。さらに言えば、伊周たちにとって一条帝は歳下の従弟《いとこ》だ。

兄貴風を吹かす伊周に一条帝は辟易《へきえき》しながらも、愛する定子のために、不快を隠して義兄を遇していた。

しかし、伊周兄弟の天下は、長くはつづかなかった。

四月に父の道隆が飲水病（糖尿病）で世を去り、関白の座に叔父の道兼《みちかね》が座った。父の死で、関白の地位を譲られると高をくっていた伊周は、一条帝を取り巻く公卿たちが、彼の台頭を抑えようと動いていたのを初めて知った。まず一条帝本人が、伊周を煙たく思っていたのである。

さらに五月、今度は叔父の道兼も病死する。あまりに早い死だった。

再び空白となった関白の座を伊周は狙うが、その願いは叔母である東三条院詮子により阻まれてしまう。母方の親族、高階一族に操られている伊周兄弟に政権を渡してなるものかと、詮子は実権を末弟の道長へ委譲するよう、一条帝に掛け合ったのだ。

大切な母に涙ながらに説得され、一条帝は義兄の伊周よりも、叔父の道長を引き立てるよう決めざるを得なかった。

こうして道長は、何の苦労もせずに右大臣の座にのぼり、内大臣の伊周を抑える形となった。関白にこそ就任できなかったが、代わりに道長は、太政官から奏上される文書をすべて内覧できる権限を与えられ、朝廷内の情報を一手に握る執政者と相成ったのだ。

立てつづけに兄を亡くしたことで、濡《ぬ》れ手《て》で粟《あわ》で手にした権力だ。姉の尽力あっての立身出世は、道長自身が育たねば、長くは保っていられない。

右大臣になった道長の引きで、花房はすぐさま非蔵人《ひくろうど》の職を得た。

天皇の私設秘書官である蔵人の中でも、定員外の採用である。一番下の雑用係だが、蔵人は日々、帝《みかど》の側に仕えるとあって出世の早道であり、その末席に座りたい貴族も多い。

花房の任命はまさに大抜擢で、道長が権力を握ればこそ可能となった人事だった。

花房が蔵人所《くろうどどころ》へ初出仕すると、蔵人頭の藤原行成《ふじわらのゆきなり》が、柔らかな笑顔で迎えてくれた。彼は能吏として名高く、一条帝の信頼も厚い。一方で、道長とは個人的にも親しく、帝周辺の情報を逐一報告していた。道長にとって行成は、最も有能な部下とも呼べた。

「花房殿は新参ですから、六位の清音《きよね》殿からよく教わってください」

六位の蔵人とは、定員外の非蔵人よりは一段上だが、最下位である。その六位に、『胡《こ》蝶《ちょう》』で共に舞った藤原清音が就いていた。

清音は、やはり道長殿の引きで強引にねじ込まれたのだな、と苦笑して迎えてくれた。

「私も見習い中だから、大したことは教えられぬが」

「清音殿は、万事につけ正確だから助かります」

真正面から褒められ、清音はくすぐったそうな顔をした。

ただし、花房を歓迎している者ばかりではないのも事実だ。

他方、道長が権力を握ったことに業を煮やしている者たちがいた。伊周兄弟と、それを裏で煽《あお》る高階一族である。

「おのれ道長、東三条院を動かして、姑息《こそく》な真似《まね》を」

「伊周、かくなる上は、お前も主上《うえ》に働きかけて、道長の内覧を取り上げねば」

連日のように高階の伯父たちにまくし立てられ、伊周と隆家も気が気でなかった。自分たちの手足のように使う気だった道長が、大躍進を遂げたのである。目障りな叔父が手にしてしまった主権を取り返そうと、焦りがつのる。

心の余裕のなさが、まずは陣座《じんのざ》での激しい口論となった。伊周が道長へ食ってかかり、あわや乱闘かと思われたが、すんでのところで止められた。

主人が仲違《なかたが》いすれば、使われる従者たちも当然、争いを引き起こす。道長と隆家の従者同士が七条大路で合戦となったのをきっかけに、隆家の従者が道長の随身《ずいじん》を殺害。人死にが出たとあって帝も見過ごせず、ついには隆家の朝参が止められてしまう。

定子の弟であっても、庇《かば》いきれない乱行であった。

一条帝の苦しい胸のうちが、側近くで仕える花房には、手に取るようにわかった。隆家の出仕を許すようにと、中宮や伊周から依頼の文《ふみ》が届くたびに、若い帝はため息をつく。

「悪気はなくても、乱暴が過ぎる。あの気性を改めてもらわねば」

ほとぼりが冷めるまで隆家は出仕を止められ、伊周は片腕と頼む弟が不在のまま宮中で道長とつばぜり合いを繰り返した。

隆家が戻るまでしばらくの辛抱と、伊周は考えていたようだったが、帝は隆家を許そうとはしなかった。

争い事を嫌う一条帝は、満足な謝罪すらしようとしない隆家に嫌気がさしていたのだ。

そして、ここにもひとり——。

弟の不祥事に悩む定子の姿を、見過ごせずにいる者がいた。

「こんな時こそ、花房殿が頼りです」

女主人を熱烈に信奉する、清少納言《せいしょうなごん》だった。

花房のもとに届いた文には、道長への取りなしを頼む旨がせつせつと綴《つづ》られていた。

「私が頼んでも、どうにもならないのだけど……」

その文を眺めながら、花房はため息をついた。

肝心の隆家が頭を下げない限りは、道長の溜飲《りゅういん》は下がりそうもない。

だが、他人に頭を下げるのが大嫌いな、意地っ張りの従兄《いとこ》を説得するのは難しい。謝罪の相手が、いがみ合う道長とあってはなおさらだ。

そこで花房は隆家に文をしたためることにした。

道長と直《じか》に会って謝罪するために力を貸すと。

心を尽くした文を読めば、頑《かたく》なな隆家もわかってくれるに違いない。そう思った。

「亡くなった随身は気の毒だけれど、伯父上と隆家がいがみ合っていては、よいことなどひとつもない」

文を届けた、その夜更けである。

蟄居《ちっきょ》中の隆家が、人目を忍んで花房のもとを訪れた。

――これで伯父上と和解できる！

喜び勇んで隆家を招き入れた花房は、殊勝な面持ちの乱暴者に微笑《ほほえ》みかけた。

「心配かけたようだな。まさか、こんなに長く禁足を食らうとは思わなかった」

「人がひとり死んでいる。それも随身だ」

大臣につけられた随身は、帝がつかわした預かり物である。私的に雇い入れた従者と違い、随身をあやめれば、遠回しでも帝への不敬に値した。

「私も一緒に伯父上に謝るから、どうか和解してほしい」

「……俺がやったのではないぞ」

「従者は、お前のために騒動を起こしたのだ。違うか？」

自分の非を認めたがらない隆家を、花房は一晩かかっても説得するつもりだった。

その覚悟を告げると、生来の頑固者はまじまじとこちらを眺めて言った。

「お前は優しいな。こんな俺のために」

「当たり前だろう。お前は嫌かもしれないけれど、血のつながった従兄弟《いとこ》だ」

「俺がいつ嫌がった？　俺が嫌だったのは、お前が道長叔父と楽しげにしていることだ」

それきり隆家はぷいと横を向いた。

闊達《かったつ》で弓馬の道を好む叔父が、従弟だけを可愛《かわい》がる。その輪に入れず、双方に嫉妬《しっと》しての悪態だったと、隆家はそっぽを向いたまま、ぽつりぽつりと話した。

花房は笑った。急にこの従兄が可愛らしく見えて、肩の力が抜ける。

視線を合わせない隆家に近づいて、あやすように言葉をかけた。

「ならば、そう言えばよかったのに。今からでも遅くはない、伯父上に謝って――」

その瞬間である。

「花房は起きているか?」

執務を終えた道長が、帰宅した足でそのまま花房の居室へ踏み込んできた。

側に控えていた賢盛が慌てて止めても聞かず、乱暴に障子を開け放つ。そこに、花房と隆家が顔を寄せ合う姿を見つけて、道長は凍りついた。

「隆家、そなた蟄居の身ではないか。なぜここにいる?」

詰問されて、負けん気の隆家が反射的に言い返す。

「会いたいと思う者のところへ通ってはなりませぬか。ここは宮中ではありません」

道長が、驚きと怒りに顔をひきつらせた。

謝罪の算段に来たのに、これでは逆効果だ。花房は急いで言葉をついだ。

「違います。伯父上、これは」

「無粋をしたな」

言い訳の一切を背中で拒絶し、道長は出ていってしまった。

「隆家、どうしてあんな言い方をした？　今からでも遅くはない、きちんと理由《わけ》を話せ」

「叔父上が俺を許すものか。叔父上は俺と同じだ。こうと決めたら、考えを改めない」

隆家は勢いよく立ち上がった。後悔と闘志がせめぎ合う気配がある。

「あの人は政治家だ。もう俺の叔父ではない。今の目でわかった」

敵と判別した以上、生ぬるい温情はかけないだろうと隆家も察していた。

こうして、叔父と甥の決裂が決まったのだった。


年が明けて、長徳二年（九九六年）の正月。事態は一気に動き始める。

出仕を止められ腐っていた隆家は、女のもとへ通う伊周に同道していた。兄のお供であれば、その館《やかた》の女房が相手をしてくれる。気楽な憂さ晴らしのつもりだった。

そんな逢瀬《おうせ》の夜、彼らは同じ館で花山院《かざんいん》と出くわした。

院が同じ女に通っていると勘違いした伊周兄弟は、院に矢を射かけ、乱闘となった。

花山院はほうほうの体で逃げられたが、収まりのつかない隆家の従者は、院が連れていた童子二名を殺害し、首を持ち去るという暴挙に出た。

花山院に矢を射かけただけでも一大事だが、その配下を殺害したとあっては、責めは免れようがない。

朝参の停止で隆家は反省するどころか、鬱憤《うっぷん》をためきっていた。いったん暴走したが最後、歯止めがきかずに再びの殺人事件へ発展してしまったのだ。

いかに姉の中宮といえども、隆家を庇いきれはしない。それどころか責めは姉の定子にまで飛び火し、内裏からの退出を余儀なくされた。

「私が、隆家を甘やかしたせいでしょうか」

そう言ってさめざめと泣いた定子は、内裏から里の二条《にじょう》邸へと下がった。清少納言ら女房も付き従う。

これによって政権奪取の芽があった伊周の将来にも、翳《かげ》りがさした。一年前まで栄華の極みにいた定子・伊周の一族は逆風にさらされたが、不運はこれに止《とど》まらなかった。

体調の不安を訴える東三条院・詮子の寝殿の床下から厭物《えんもつ》が発見され、呪《まじな》いの張本人は伊周ではないかとの噂が流れた。伊周が最高権力者になるのを阻み、道長に権力譲渡をはかった女院への恨みを晴らすためかと、人々はまことしやかに語り合った。

つづけざまに、伊周が道長を呪詛《じゅそ》した件も発覚する。太元帥法《だいげんのほう》という密法を修して、伊周が道長の失脚を念じたとの奏上があったのだ。この太元帥法は帝のみが用いる秘儀であり、伊周は不敬と呪詛のふたつの大罪を犯したと目された。

一度噂が流れれば、事の真偽よりも先に、伊周の罪が定まってしまう。周囲の誰もが、「ありえること」と信じるに足る状況だった。

こうして、伊周・隆家兄弟の配流が決定した。伊周は太宰権帥《だざいのごんのそち》、隆家は出雲権守《いずものごんのかみ》として政治の中心から遠ざけられ、結果的に道長は政敵の力を殺《そ》ぐこととなった。

急転直下の事態に花房は驚いた。まず伊周の人柄と呪詛が、まるで結びつかなかったのだ。惣領《そうりょう》息子として大らかに育った伊周には、陰険な部分がない。直情径行の気のある隆家にしても同様だった。

ふたりは道長に嵌《は》められた、と声をひそめて語り合う者もあったが、花房はそれも信じられずにいた。

――伯父上が、そこまで陰湿な計略を用いるだろうか。

隆家との一件で、道長とは気まずくなっていた花房だったが、これればかりは確かめずにいられない。このまま疑いを抱きつづけると、伯父を嫌いになりそうで怖かった。

「伯父上、例の呪詛の件ですが……」

思い詰めた花房に、道長は庭を歩こうと誘ってきた。四月の夜の庭は、そぞろ歩きと密談にはもってこいの場所だ。

花房の内心の苦しみを読み取って、道長は苦々しく笑う。

「伊周と隆家は、主犯ではない。やったのは高階家だ」

花房は、隠花植物のような高階の四兄弟を思い出す。

定子を権力の足がかりに利用する四人が、東三条院の床下に呪物《じゅぶつ》を仕掛け、お人好しの伊周にも呪詛の修法を行わせたと聞けば、容易に謎《なぞ》が解けた。

「ご存じならなぜ、伊周と隆家を糾弾なさいますか」

「先にふたりを追い込まねば、高階家の兄弟は葬れない。これは主上の意思でもある」

道長は、あちこちの家に放った間諜《かんちょう》から高階の動きを知り、決定的な弱みをさらすまでは泳がせていたのだった。

「中宮の伯父だと偉ぶって、主上に詰め寄る輩を排斥したいと、主上ご自身が行成に漏らした。あとは行成が事を組み立て、私は転がってくる事態を受け止めただけだ」

道長が陰謀を企てたのではないと知って安心する一方で、部下の行成に絵図を描かせて見守っていたのは政治家の冷徹だったと、花房は裏切られた気にもなった。

行成も穏やかな笑みの裏で、この機会を待っていたのだ。お人好しの伊周と隆家が、姻《いん》戚《せき》の悪知恵で舵取《かじと》りを違えても、それを好機到来と喜んだのだろう。

「知っていて……なぜ、伊周と隆家を止めなかったのですか」

「見限ったのは、あちらが先だ」

納得できずに唇を噛《か》みしめる花房の肩を、道長は強く抱き寄せた。

「行成を責めるな。お側にいるからこそ、主上を動かせる。お前もいずれ」

日々の職務に追われる大臣は、いかに帝の信頼を得ていても、物理的な距離がある。その点、帝個人の秘書である蔵人は、終日共に過ごす分、個人的な信頼を得られるだけでなく、微々たる情報も入手できた。

長年、蔵人として仕えてきた行成が帝を誘導し、道長の有利になるよう事態を転がしていったのが目に見えるようだ。そして花房にも、同様に振る舞えと道長は望んでいた。

「伯父上は、お変わりになりました」

「好きでなったわけではない。この家に生まれ、兄ふたりが相次いで亡くなって」

そう言いながら、道長も寂しげに微笑んだ。

政治の頂点を狙える家に生まれなければ、あるいは馬と戯れ、出仕よりも狩猟を優先する道楽貴族で生きていけたかもしれない男だ。

「仕事に励め。主上はお前を、野心を持たない従弟と信用している」

花房は、そこでようやく気がついた。

帝が下される慈しみと優しさは、従兄ゆえのものだったのだ。だからこそ、その優しさを逆手に取って主上の身辺を探り、道長へ報告するのは心苦しさしかない。


翌日、非番となった花房は、賢盛と武春《たけはる》を誘い、馬を駆った。

「私は、思っていた以上に因果な宿命なのだね」

この一年あまりで、気づけば多くのものを背負わされた。

愛馬の疾風《はやて》が、花房の迷いを振り切るように脚を早めた。

「お前につき合わされてる俺たちだって、相当に因果な巡り合わせだ」

「そうか」

「一日中、お前のお守《もり》をしているせいで、こっちは女たちのお誘いにのることもできない。どんなにモテても淋しいもんだ」

冗談めかして受け止めてくれる賢盛の言葉が、ありがたかった。

三人の操る馬は、東山《ひがしやま》の裾野《すその》まで駆け抜けると、荒い息を吐いて止まった。

「私も父上みたいに、楽人になればよかった」

「道長様がお前を放すまい。根はさみしがり屋だからな」

元服し、背もいっそう伸びた武春が言う。

「人は偉くなるにつれて、孤独になると光栄《みつよし》おじが言っていた。道長様もそうだよ」

地位の重みと引き替えに、孤独も増す。それを聞いた花房の脳裏に、中宮定子の面影がよぎる。

「誰もが与えられた宿命を、思い切り生きるしかないのだな」

花房の漏らした言葉に、賢盛が複雑な表情になる。

武春は、東山の初夏の野を見渡した。

「花房の人生を助けるために、俺と賢盛がいるんだ。安心しろ」

伊周と隆家の兄弟は、配流が決まったあとも任地へ赴かなかった。

中宮定子が遷御した二条邸に立て籠《たこ》もり、時を稼ぐ手段を取ったのである。

一条帝の翻意を待っての悪あがきだったが、背後には彼らの左降を食い止めたい高階一族の働きかけがあった。

都中がふたりの貴公子の進退をうかがうさなか、中宮の里邸で籠城《ろうじょう》しているはずの隆家が、夜陰に紛れて花房のもとを訪れた。

応対に出た賢盛は、たいそうな迷惑顔で花房に伝える。

「とんでもないお客が来ている、大逆人の隆家殿だ。追い返すか？」

「好きで大逆人になったのではなかろう」

会えば罪に問われるかもしれないが、従兄弟の情もある。花房はどうしても隆家を拒めなかった。

「ふたりだけで話したい。立ち会えば、お前も同罪にされるかもしれない」

花房は賢盛を遠ざけると、隆家を塗籠《ぬりごめ》の内へと呼んだ。

この数ヵ月の急変で、自信に満ちた態度こそ衰えていた隆家だが、鍛えられた長身にはまだ気迫が残っていた。

「お前は怖いもの知らずだな。こんな俺に会おうとは」

「人目に立てば、捕らえられるかもしれないところを、わざわざ会いにきてくれたから」

すでに一条帝は検非違使《けびいし》に対し、伊周・隆家の住居に踏み込んで捕縛してもよいとの許可を与えていた。罪を犯した貴族は捕縛を逃れる特権を有していたが、それを廃した強硬な態度は、一条帝が伊周・隆家兄弟に抱いてきた怒りのあらわれである。

「姉上の館へ隠れていても、流されるのは時間の問題だ。覚悟はできている」

定子の裳裾《もすそ》に隠れる愚挙に出たのは、小心者の伊周の思いつきで、隆家は引きずられる形で同行しただけだった。

隆家はその経緯を、なぜか必死に花房に説明するのだった。粗暴であっても卑怯《ひきょう》とは縁遠い男だから、その言葉は真実なのだろう。

「出雲へ落ちる前に、ひと目会いたいと思って、抜け出てきた」

「そうか。酒でも用意させようか」

「そんなものよりも……」

わずかな灯《あか》りのみの暗い室内で、隆家の瞳が光る。

「一夜の思い出をくれないか」

花房はびくりと身を強《こわ》ばらせた。

「……そんな話を、するために？」

「二度と会えないかもしれないのだ、わかってほしい」

花房は後ずさったが、隆家は退かない。

「逃げられると余計に燃えるのが狩人《かりゅうど》の心情だぞ。知らないのか、花房」

壁際まで追い詰められた花房は、荒々しいばかりと思っていた従兄の瞳に、不安げな光が宿っているのを見て、意外に思った。

「こんな想《おも》いは初めてだ。今までどんな女にも……ましてや男になど。だというのに、お前はどうして、俺をこんなに辛《つら》くさせる。何もないまま別れるなど、俺は嫌だ」

目の前にいるのは、荒くれ者の中納言ではなかった。恋心を持てあまし、身の置き所もなく迷い抜いたひとりの青年。

「どうか俺を哀れと思って」

震える腕で抱きしめられ、この従兄を初めて哀れだと思った。

大胆な言動でさんざん人を脅かしてきた隆家が、軽くつつけば砕けてしまうほど脆《もろ》く感じられる。

――ここまで好いてくれていたのか。

不器用に隠してきた想いは、直に触れれば痛いほどだ。

隆家の熱さに、花房まで引きずられてしまいそうになる。

ふと、隆家が視線を合わせてきた。

「花房、お前に与える痛みは俺も受ける。存分に扱ってくれてかまわない」

「…………？」

「お前ひとりに恥ずかしい思いはさせない。俺も同じように抱くがいい」

この言葉で、花房は我に返った。

隆家は花房を男と信じている。それゆえの、花房の誇りを重んじての申し出だが……。

「い、いや待て、隆家。お前を抱くなんて、それは無理だ」

「俺が嫌いか。それとも道長叔父のせいか。他に好きな女でもいるのか」

「違う、全部違う。とてもお前の想像の及ばない理由だ」

「……ならば言え。俺の誇りをかけた頼みを断るのならば、それを言え。俺は死ぬ思いでお前に乞《こ》うたのだ」

どこにも余裕のない様子で食い下がられ、花房は覚悟を決めた。拒絶ではなく、かなわない願いだと知らせなければ、隆家があまりに哀れだ。

「私は恋をしてはいけない身だ。誰かを求めたり、与えたりしてはいけない定めだ」

「斎宮《いつきのみや》でもあるまいに。まさか重い病でも？」

「……卦《け》がたっているのだ。生まれる前から」

女であることだけは言えない。けれど、それ以外は包み隠さず花房は話した。陰陽師《おんみょうじ》の宣で、恋とは無縁で生きねばならない身だ。誰かの相手となれば、国の乱れを引き起こす宿業だと。

語りながら、花房の瞳からは涙が溢れていた。

――なぜ私は、こんな宿命を背負って生まれたのだ？

情けないとも、悔しいとも、隆家に悪いとも思う。よくわからない感情が溢れて止まらなくなる。

「このような身に生まれたおのれが情けない。そうでなければ、今ここで」

「皆まで言うな」

花房の唇を大きな手で遮った隆家は、静かな顔つきで頷《うなず》いた。

「これで得心した。そんな宿業を抱えていたから、陰陽師の眷属《けんぞく》が張りついていたのだな。お前を見張るために」

花房はゆっくりかぶりを振った。涙の粒が隆家の手の甲にこぼれる。

「私ひとりの宿業ではない。誰かと結ばれれば、大勢の者に迷惑がかかる。国の乱れの元になるなど、考えたくもない」

「お前が不憫《ふびん》だ」

驚くほど優しい声だった。

隆家は、自分の恋の結実がかなわぬことより、花房の数奇な運命を嘆いていた。

「お前を不幸にするくらいなら、俺の想いは出雲の地へ捨ててこよう」

花房の睫毛《まつげ》に宿った涙をぬぐった隆家は、衣を脱いで差し出す。

「今宵の形見に、そなたの衣を俺に」

素直に従った花房の衣に顔を埋め、隆家はわずかに宿った自分の涙を吸わせた。

「どこにいても、幸福を祈っている」

華やかに伽羅《きゃら》の薫る衣を残して、中納言は去った。

この夜、花房の心の奥には、波立つ想いが確かにあった。燃えるような激しさではなかったけれど、不器用な従兄を、この時だけは間違いなく、男として好ましく思った。それを、残り香に疼《うず》く胸が教えてくれた。


中宮の館に隠れたままの伊周・隆家に業を煮やした一条帝は、ついに検非違使を踏み込ませると、ふたりを捕らえた。

検非違使に館を踏み荒らされた中宮定子は、その恥に耐えきれず出家した。

落飾した定子のお腹《なか》には一条帝の子が宿っていたが、帝の寵愛も新たな命も、中宮の凋落《ちょうらく》を食い止めるには及ばなかった。

第七帖　逆風に咲く牡丹《ぼたん》

出家した定子《ていし》が、里の二条《にじょう》邸で仏に祈る日を始めて、ひと月あまり経《た》った頃。

「火事だ――っ！」

「早く、宮さまをっ」

身を寄せた館《やかた》が炎に包まれる不幸に見舞われた。幸いにも無事だった定子は、これを機に、母方の伯父・高階明順《たかしなのあきのぶ》の邸《やしき》へ移ることになる。

政敵の伊周《これちか》を太宰府《だざいふ》へ追い払った道長《みちなが》は、初めての男児・頼通《よりみち》を得たあと、左大臣へとのぼった。こちらは順風満帆な日々がつづいていたが、里邸を焼け出された定子をないがしろにしているわけではなかった。叔父としての援助も忘れず、しばしば花房《はなふさ》を高階明順邸へ向かわせていた。

「帝《みかど》の方は、いかがなものでしょうか」

定子は言葉にしなかったが、仕える女房たちは、花房を物陰に呼び込んでは、内裏の様子を訊《たず》ねてきた。

中宮が出家し、後ろ盾であった兄の伊周が失脚した今、娘を妃《きさき》に入れて姻戚《いんせき》になろうと目論《もくろ》む上卿《しょうけい》が、何人も水面下で動いていた。

帝の気持ちひとつでは、次の妃を入内《じゅだい》させる政略は止められない。女主人の復権を願う女房たちは、年の瀬に生まれる赤子が皇子であるようにと、日夜念仏を唱えていた。

伊周が失脚するまでは、花苑《はなぞの》のごとく眩《まぶ》しかった定子の後宮は、仮住まいの侘《わび》しさと相まって、かつての輝きを失っているようだ。知った顔の女房が見当たらないがと花房が問えば、里帰りから戻らないと言う。利にさとい者は、早々に定子に見切りをつけ、次の勤め先を探しているようだった。

それでも女主人の定子は、翳《かげ》りを感じさせないように振る舞い、女房たちも場を盛り上げていた。――が、風の涼しくなってきた頃、雰囲気はがらりと変わった。

「少納言《しょうなごん》さまは、どちらに?」

花房の問いかけに、場の空気はぴしりと凍った。

女房たちが定子の顔色をうかがう。誰もが声を発するのを怖がっているようだ。

「清少納言《せいしょうなごん》は、里へお帰りになりました」

定子の横に控えた高階碧子《みどりこ》が、冷え切った態度で答えた。

これには花房も驚いた。まさか、あれほど熱烈に中宮を慕っていた彼女までもが、定子を見限るなどとは思ってもみなかった。

しかし、それ以上の問いかけを拒む女房たちの態度に、花房も黙るしかなかった。

「そうですか……。それは、残念なことですね」

そうは言ったが、清少納言が戻らない異変を、花房は見過ごせなかった。

中宮を慕う清少納言の真意が見えず、花房は彼女が引きこもる邸宅を訪ねた。

「中宮さまは、お健やかでいらっしゃいますか」

清少納言は、やせ衰えた姿で花房を出迎えると、力なく微笑《ほほえ》んでみせた。才気はじけるいつもの姿ではない。

病を得たのかと気づかえば、清少納言は弱々しくかぶりを振る。

「この私が宮さまを裏切ったと誤解されて、お側《そば》にいられなくなったのです」

清少納言が道長に通じて中宮側の情報を流し、それが伊周・隆家《たかいえ》兄弟の失脚につながったと、定子が信じて疎んじるようになったのだという。

周囲にいる女房たちが疑念を吹き込んだせいだと、花房にも容易に想像がついた。

――特にあの女房、爬虫類《はちゅうるい》のような目つきの高階碧子……。

碧子が、中宮の寵愛《ちょうあい》がめざましい清少納言に向ける嫉妬《しっと》と競争心は、人間関係に疎い花房でさえ感じ取れるほどだ。いつか追い落としてやろうと時を待っていた者も、少なからずいたのだろう。

現在、定子が仮宮としているのは、母方の縁に連なる高階家の屋敷《やしき》である。高階碧子は親族の館で存在感を増しながら中宮の信頼を得て、最大の競争相手を追い払ったようだ。

主人の定子に忠誠と愛情を疑われ、女房たちに白眼視されては、さすがに気の強い清少納言も耐えられなかったのか。

寝食もまともにせず苦しんで、やつれている。その姿を花房は痛ましく思う。

「私が宮さまを裏切るなど。これは一時、花房どのに心奪われた罰なのでしょうか」

花房の〝惑わしの香〟に迷った刹那《せつな》を、清少納言は忘れていなかった。表には出さずとも、ずっとおのれを責めていたのだろう。

「──あの時は、私が悪かったのです」

清少納言とかりそめの口づけを交わした時は、誰かを想《おも》う気持ちなど遠い世界の話でしかなかった花房も、隆家との一件があってから、少しはわかるようになってきていた。

「あなたが中宮さまをどれほど慕っておいでか、よく存じています。信じていただけるよう、私も力を尽くしますから、どうか気を落とさずに」

秋の野を思わせる朽葉《くちば》の色目の唐衣《からぎぬ》が、少納言の打ちひしがれた心模様と重なって見えて、花房は足取りも重く里邸を後にした。

かつて負わせた傷をつぐなうためにも、彼女のために何かがしたかった。

一度しおれた花は、枯れて散りきらねば、新たなつぼみをつけられない。それは清少納言のみならず、主人の定子も同じく耐え忍ぶ季節であった。

出家した中宮に代わる妃をと、新しい女御がふたりも入内した。片や、定子が里邸で産み落とした赤子は、期待を違《たが》えた内親王だった。皇子であれば一条帝《いちじょうてい》の歓心を呼び戻せたのにと高階の一族は嘆いた。

姫の誕生を祝福しない親族に囲まれながら、定子は清少納言ならばどのように慰めてくれただろうと、寂しくほぞを噬《か》んだ。高階の栄達を望む碧子の讒言《ざんげん》を信じたばかりに、一番の忠臣を退けてしまったことに、やっと気づいたのである。

小さな姫をかき抱き、嗚咽《おえつ》を嚙《か》み殺す定子に、碧子はさかしら顔で慰めた。

「内親王さまであっても、いずれ帝は気にかけてくださいましょう」

「なぜ、祝わない？　私が命がけで産んだ、主上の貴《とうと》き子ではないか。お前たちに、私の気持ちはわからぬ。早く、少納言をここへ呼びなさい。少納言しか私を……」

一条帝の愛情と庇護《ひご》が頼りなくなった今こそ、清少納言の冴《さ》えた声で励ましてほしかった。彼女ならば、姫御子の誕生を心から祝福してくれると思ったのだ。

一方、中宮から出仕を促す文が届けられても、清少納言の心に張った氷はなかなか溶けなかった。忠誠を疑われて負った心の傷は、簡単には癒《い》えない。

年は改まり、春の庭は雪化粧で覆われている。雪解けの頃には、胸につかえた氷の塊も消えるのだろうか、と清少納言は定子からの文《ふみ》を読み返す。

中宮に捧《ささ》げた愛情を疑われた清少納言は、まだ自信を取り戻せずにいた。否定されて裂けた真心をつなぎ合わせるには、何かが足りなかったのだ。

「今日も、花房殿がお越しです」

侍女の声に、清少納言は我に返った。

非蔵人《ひくろうど》として忙しい花房が、寸暇を惜しんで顔をのぞかせ、内裏や中宮の里邸の様子を伝えてくるのだ。

「よくも飽きずにお越しになること」

白梅に結ばれた文を携え、花房は深々と頭を下げた。

「中宮さまよりの文をお持ちしました」

清少納言は怪訝《けげん》な顔をした。帝の側に仕える花房が、中宮の使者に立つのは常ならぬ事態である。

「特別のお召しで、文の使者に任じられました。中宮さまのお庭に咲いたこの梅、どうぞお受け取りくださいますよう」

「なぜ、そなたが宮さまの？」

「私の烏帽子親《えぼしおや》が左大臣とは、誰もが知る次第。その私を使者に選んだのは……」

花房がすべてを語る前に察した清少納言は、中宮の意思を汲《く》んで泣き伏した。

道長の手の内である花房を使者に選んだのは、清少納言が道長に通じたと疑った過去を許してほしいという謝罪に他ならない。

清少納言を信じればこそ、敢《あ》えて花房を使者に立て、悔いていると伝えたのだ。

「お辛《つら》い立場の中宮さまは、今こそあなたの機転と知恵を求めておいでです」

暗い沼地を思わせる高階家の邸内で、逆風の中、ひとり昂然《こうぜん》と面を上げる定子。

定子は自らの後宮に立ちこめた瘴気《しょうき》を、清少納言の切れ味鋭い才気でなぎ払ってほしいと求めていた。

「宮さまは、本当に私を呼んでらっしゃるのですね」

「中宮さまを真《まこと》にお守りできる方はあなたです、少納言さま」

花房に背中を押されて、清少納言は愁眉《しゅうび》をひらいた。

兄弟の責めを共に負って内裏を退出し、新しい女御を得た帝に会うこともかなわず、生まれた内親王も助けの綱とはならない今日び、誰が定子を力づけられよう。

「あの方の輝きを守り、讃《たた》えられるのは私しかおりませぬ」

ひとたび挫《くじ》けた才女が、本来の強さを取り戻していた。

「礼を言います、花房どの。あなたが宮さまと私の絆《きずな》を取り戻してくださった」

人を射貫くような鋭い瞳《ひとみ》も、すっかりよみがえっている。

「お戻りください、あなたの大切な中宮さまのお側へ」

「陰陽師《おんみょうじ》によき日を占わせて、再び出仕いたしましょう」

清少納言の堂々たる態度に、花房は唇をほころばせた。

＊　＊　＊

「頭が痛い。身体《からだ》の節々も妙に疼《うず》く」

左大臣・藤原《ふじわらの》道長はこのところ、原因不明の痛みに悩まされるようになった。

体力に恵まれ、武術を好んではいたが、一方で体調を崩しやすく、決して頑強とはいえない体質でもある。

陰陽師の安倍晴明《あべのせいめい》の説明では、「陽の気が強すぎて、かえって陰の気を呼ぶせい」だという。人の恨みや怨念《おんねん》などを無防備に吸い寄せて、そのたびに体調を崩すのだ。

権力を完全に掌握してからは、朝議から戻ると、蓬《よもぎ》の灸《きゅう》をすえる回数も増えた。

「道長様、また悪いものを背負ってお帰りになっていますね」

花房の部屋へ遊びに寄った武春《たけはる》は、そこで粘つく妖気《ようき》に全身絡みつかれている道長を見つけて声をかけた。

武春が明るく一声をかけると、じめついた何かが道長の背中から剝《は》がれる。

軽くなった首筋を撫《な》でて、道長は笑った。

「大したものだ。何の呪文《じゅもん》も唱えず、邪気を払うとは」

「それしか取り柄がなくて、光栄《みつよし》おじには怒られてばかりです」

武春は、十六歳になってもまだ式神が使えない。呪文を唱えても、その言葉に力は宿らず、式盤を用いて機械的に計算する占術しか行えない有り様だ。

しかし、彼の全身から放たれる光の矢に似た気配は、邪気や邪念を一瞬で払うことができた。修行で体得した術ではなく、気配だけで悪《あ》しき気を遠ざけるという、希有《けう》な体質の持ち主だったのだ。

「護符よりも、武春を貼《は》って出仕したいくらいだ」

背中が軽くなると、道長の冗談口も軽くなる。

道長が上機嫌になったのは、遠流《おんる》した伊周と隆家の罪を赦《ゆる》し、都へ呼び戻す旨が朝議で決まったからでもあった。姉の詮子《せんし》が病で倒れ、その快癒を祈る特赦で、ふたりを呼び戻すことになったのだ。

――好きで流罪にしたわけでなし。刃向かわなければ、重用するものを。

せめて花房の半分でも可愛《かわい》げがあれば、どれほど楽かと道長は苦笑する。

――次は定子を、内裏へ戻すか。

帝が定子の兄弟の恩赦に動いた先には、内裏へ定子を呼び戻し、再び寵愛する心づもりがあるのは明らかだった。

この流れを道長は止める気はない。

現在、よその家からふたりの女御が入内している以上、九条流《くじょうりゅう》藤原家は帝の寵愛を定子でつなぎ止めねば、内裏へ打ち込んだ楔《くさび》を失ってしまう。

――他家の娘に、皇子など産ませはしない。

定子で帝を引き寄せつつも、彼女の兄弟の勢いは適度に殺《そ》ぐ。その手綱さばきが難しいのだ。

道長は、じれったさに満ちた眼差《まなざ》しを花房へ向けた。

「お前が女子であれば、今すぐ私の娘として、主上へお出しするものを」

「……伯父上、冗談が過ぎます」

下手な冗談だと笑い飛ばしたが、花房も内心は冷たい汗をかいていた。

道長は頭脳よりも動物的な直感で動く気質だ。花房が女性だと、無意識に察知しているのではないだろうか。一番信頼できる相手こそ、油断がならない時もある。

＊　＊　＊

恩赦で隆家が出雲《いずも》から京へ戻り、その後、中宮定子も参入が許された。

愛する定子を手元に戻そうと望んだ帝が、多くの貴族の反対を撥《は》ねのけて勝ち取った帰参だった。しかし、定子の新たな後宮は内裏ではなく、中宮職の事務を司《つかさど》る役所・職曹《しきのぞう》司《し》のうちとなった。ひとたび落飾した后《きさき》が宮中へ戻るのを、世の人が快く受け入れなかったせいである。

「このような無理を通せば、国の乱れになる」

宮中の知恵袋・藤原実資《さねすけ》は、怒りに満ちていた。

「道長め、姪《めい》は好き勝手に利用し、甥《おい》は生かさず殺さずの状態とは、とんだ策士だ。文書を書けば誤字と当て字だらけの馬鹿《ばか》のくせに、悪知恵だけが回る」

定子への愛が揺るがぬ一条帝と、その愛情を利用する腹づもりの道長を、自宅へ帰れば言葉を尽くして罵《ののし》った。

実資は有職故実《ゆうそくこじつ》に通じた常識人だが、ひとたび人を嫌うと生来の真面目《まじめ》さが災いして、怨念の煮こごりのようになる。

悪口を聞かされる清音《きよね》にしてみれば、なるほど道長は増長しきった陰謀と贈収賄《ぞうしゅうわい》の総本山のように思える。だが、大叔父の描く大悪人の道長像と、花房から聞く道長の印象とは、まるで異なっているようにも感じる。

『伯父上は、大らかな方だよ。人のよいところは素直に褒められる』

裏に回ると道長をくさす実資を、けなされている当人である道長は「知恵者だ」と高く評価していると聞く。有職故実に関する疑問は、真正面から教えを乞《こ》うてくる。その際には丁重な謝礼も決して忘れないのが道長のやり方で、地方の受領たちからもらった賄賂《わいろ》は、他者へ気前よく回す心配りを見せていた。

「やたらと人に物をばらまくのも、人心を買うためだ。実に不埒《ふらち》な根性をしている」

ならば馬をもらって喜び、儀式の際に衣装を借りもする実資はどうなのか。

清音は矛盾を感じるが、さすがに指摘はできない。言ったが最後、こてんぱんにやり込められるだろう。

「左大臣は権力の亡者かもしれませんが、後見している花房はきちんとしていますよ。帝の御覚えもめでたく、東三条院《ひがしさんじょういん》と中宮への使いには、花房を多く用いております」

「それ、そこよ。道長め、帝のお側に手下を侍《はべ》らせて、さらなる籠絡《ろうらく》の機をうかがっておるのだ。その花房めが龍陽《りゅうよう》の寵《ちょう》を得れば、閨《ねや》の中から好きに操れると企《たくら》んでだな」

「花房は、女好きではないのですか。ひととき、あちこちの女房を手当たり次第に口説いているとの噂《うわさ》がありましたが」

その噂も元服後は立ち消え、女性へ深入りしない花房の様子に、多くの女房たちが悔しがっている。

「童の時代に、女に懲りたのであろうよ。あるいは女房たちに迫ったのは、女子に興味がないのを気取られまいとする擬態であったのかもしれぬ」

観察眼の鋭い実資は、花房へ本能的な違和感を抱き、男色家と断定したようである。

「清音、そなたも誘惑されるでないぞ。花の顔で惑わす花房は、道長めが刺客ぞ」

知恵者の大叔父がかくも言い切るからには、清音も他の殿上人たちと同様に、花房を警戒している。

――時々、桜の薫りに、くらりときそうにもなるが……。

花房は、人目を引きすぎるのだ。


六月の末ともなると、館の女房たちは衣更《ころもが》えの準備で忙しい。

夏の暑さが残る七月朔日《さくじつ》から暦は秋となり、衣の仕立ては裏地のつかない単衣《ひとえ》であっても、色味は秋を感じられる深いものへと変えねばならない。

「花房さま、明日のお召しものは、こちらに」

乳母の菜花《なばな》の局《つぼね》は、翌日の宴《うたげ》に着用する直衣《のうし》を確かめさせた。

私的な宴なので、服装も出仕の束帯《そくたい》ではなく私服の直衣布袴《ほうこ》にせよとの仰せだ。二藍《ふたあい》に染めた直衣は夏仕立てのまま、下に透ける袿《うちぎ》によって秋の季節感を出さねばならない。

「袿は、丁子《ちょうじ》染めの菊唐草文様でございますよ」

夏の直衣に秋の庭の景色を忍ばせる組み合わせは、季節の移り変わりを面白がる遊び心のあらわれである。

着用する色に限りのある男性でも、直衣から透ける衣には過分なまでに気を遣う。ましてや居並ぶ中宮の女房たちが、秋の色目で妍《けん》を競うさまはさぞ壮観であろうと、菜花の局はうっとりと思い描いた。

「そういえば、中宮さまの弟君も、出雲よりお戻りになったのでございますよね。明日の宴には、いらっしゃるのでしょうか」

隆家の名を出され、花房の心臓はきゅっと締めつけられた。

配流を申し渡された隆家が忍んできた夜から、もう一年あまりが経つ。

別れの夜に受け取った衣は、大切にしまったままだ。不器用な従兄《いとこ》はどうしているだろうと、衣櫃《きぬびつ》から取り出して伽羅《きゃら》の残り香を確かめることもあったが、帰京を許されたあとの隆家からは文の一通もなく、また花房も連絡を取ろうとは思わなかった。

――隆家のことだ。あの夜の記憶は、出雲の地へ捨ててきたに違いない。

思い切ると言ったのだ。赴任先の出雲で、初めて出会う事物に驚き、多くの人にかしずかれて過ごせば、花房への想いは気の迷いだったと、日々に紛れてしまうだろう。

――私が女とも知らずに……。

あの時、女だとバレていたら、どうなっていたのだろう。

花房は中空を見つめる。

国を乱し、傾けるとまで言われた、あの陰陽師たちが恐れる運命の歯車が回り始めるのか。実際に起きてもいない出来事を、想像するのは難しい。

「隆家も任を果たして、ひとまわり成長されただろうね」

誰ともなしにつぶやいた花房の言葉を、側にいた菜花の局が聞きとがめた。

「道長さまや花山院《かざんいん》さまのおつきの者を殺すような乱暴者ですよ。もう少し地方で頭を冷やしてくればよかったのに。中宮さまの弟だからと、帝も甘いこと」

「乳母や、郎党のやったことだよ。それに隆家は、あの時まで誰にも叱《しか》られずに育ってきたんだ。ことの善悪も教えられず、関白家の息子だからと甘やかされて」

「花房さま、従兄だからと気を許してはなりませぬ。ふたりきりで会うなんて、今後一切、なしでございますよ」

くだんの夜が明けて、隆家と衣を交換したと花房から聞いた菜花の局は、気を失いかけた。衣を交わすのは、契った証《あかし》と間違われても言い訳のきかない行為だったからだ。

そのことを持ち出されて、花房は苦笑した。

「もう衣は交換しない。だからいいだろう」

「ちょっとの隙《すき》に、あぶなっかしい。あんな乱暴者に女だと気づかれたら大事です」

「乳母や、二度としないから」

困りきった花房は、菜花の局が染め上げた袿を手に取って、話題を変えた。

「よい色味だね。祝いの宴には、ふさわしいよ」

深夜、寝しずまった室内で、賢盛は衣架《いか》にかけられた花房の衣をしみじみと眺めた。母のあつらえた色目は『紫苑《しおん》』。表は薄色《うすいろ》と呼ばれる薄紫、裏は青。花房の肌の白さが引き立つ色目である。

——明日も、お前が息災であるように。

賢盛は自らの直衣を脱ぐと、花房の衣を身にまとい、無事を祈った。


中宮定子が里より戻った祝いとあって、招かれた人々の顔は輝いていた。

兄の伊周はまだ太宰府に残っていたが、帰参を許された隆家は、一年ほどの地方暮らしでくすむどころか、逞《たくま》しさに磨きがかかった様子である。

都しか知らずに育った御曹司が、地方の暮らしを知り、政治家として目覚めて帰ってきたのだ。

「私はまったくの世間知らずでしたよ、姉上」

隆家の反省の言葉に、定子は満足そうに微笑んだ。

「あなたの土産《みやげ》話《ばなし》を、私の女房たちも心待ちにしています。宴のあとに伺いましょう」

「朝まででも」

定子が返り咲く今日を誰より待ち焦がれて、お忍びで臨席した一条帝は、姉弟が打ち解けて語り合うさまを見つめては、嬉《うれ》しげに頷《うなず》いている。

「行成《ゆきなり》、誰か足りぬと思わぬか」

まだ少年の面差しを残す帝は、客人の席を眺めまわした。

蔵人の藤原行成は、問われて客をつぶさに数えていく。

「っ！　花房でございます。花房が見当たりません」

非番の日ゆえ、末席に呼ばれているにもかかわらず、花房はいなかった。

姉の隣で酒を味わいながら、雅《みや》びな管絃《かんげん》の音にも心ここにあらずの体となった隆家に、
定子は顔を寄せて囁《ささや》いた。

「捜しものでもあるのですか」

「いえ、何も」

「そう。私も捜しているのですが、見つからないのです。不思議なこと」

扇で隠した定子の瞳には、不安といらだちが宿っている。

「今日は、叔父上さえお越しだというのにね」


七月の昼下がりは、残暑もまだ厳しい。

風がよく通る木陰にいれば、夏の名残も趣深いが、倉に閉じ込められた身では風雅を感

じる余裕もない。

「誰かいないか、誰か！」

応える者もなく、薄暗い倉内に、おのれの声が響くだけだ。

「ぬかった。まさか、こんな単純な手に引っかかるとは……」

花房は途方に暮れた。隙間から入る陽射《ひざ》しに、白く埃《ほこり》が舞っている。

宴が始まる直前のこと、身なりのよい童が花房に近づいてきた。

花房が職曹司を抜け、左近衛府《さこのえふ》の端までついていったのは、ひとえに「元中将さまがお呼びです」と囁かれたからだ。

帰京こそ許されたが無官の隆家を、左右の近衛府《このえふ》の者は今もって中将と敬っている。

政治家の細やかさは持ち合わせなくとも、武官としての気骨を高く評価されている隆家が、中将の職を失っても近衛府に出入りしていると聞き及んでいた花房は、疑いもせず、倉の建ち並ぶ一角へ向かった。童と花房の他に、人影はない。

「隆家はどこに？」

「中宮さまのお側に決まってるだろうが」

作り笑いの童が鋭い声をあげると、倉の陰に潜んでいた数人の武官が姿を現した。かつては隆家を取り巻いていた、下級貴族出身の武官たちであった。

「お前のせいで、俺たちの出世の芽も絶たれた」

　隆家の失脚により、彼の部下と縁者たちは引き立てられる機会を逸していた。その恨みをぶつける相手は道長が妥当だが、さすがに左大臣に手を出すのは憚《はばか》られて、花房が身代わりにされたのだ。

「恨むのなら、私よりも隆家の周りにいる奸物《かんぶつ》たちだと思うけど」

「こいつ、中将様のおじ御を奸物と言うか」

「道長の腰巾着《こしぎんちゃく》のくせに、許せん！」

　頭に血をのぼらせた男たちに易々《やすやす》とねじ上げられ、花房は倉へと放り込まれた。

「中宮様の宴が終わるまで待ってろ。あとで血祭りにあげてやる」

「待て、私はその宴に招かれている。そろそろ行かねば」

　花房の訴えは、「知ったことか」と鼻で笑われてしまった。

「存分にいたぶったあとは、人買いにたたき売ってやる」

「左大臣の寵童だ、高く売れるぞ」

　それきり倉に閉じ込められて、花房はいたずらに時を過ごしていた。

　遠くから管絃の音が漏れ聞こえてくる。秋になったため、演奏も平調《ひょうじょう》という落ち着いた調子にかわり、季節感を出していた。

　ただし、いかなる妙音を耳にしようが、花房は落ち着いてなどいられない。

　――早く抜け出さないと、大変なことになってしまう。

定子と隆家の復帰を祝うために催された宴だ。断りもなく欠席すれば、不服や反感があると思われるだろう。

かつて定子の立后の儀に欠席した道長は、禍根を残して今日に至っているが、その子飼いの花房が宴に現れないとなれば、誇り高い中宮が誰を責めるかは明白だった。

――中宮さまは私の落ち度とは思わない。伯父上の差し金と誤解されてしまう。

厚意で招いた少壮の非蔵人に誘いをすっぽかされたとなれば、中宮にはとてつもない恥辱だ。このまま時を無駄にすれば、定子の名誉と気持ちを傷つける羽目になり、道長すら疑われる。

焦りをつのらせた花房は、再び声をあげた。

「誰《たれ》かある？　開けてくれ、お願いだから！」

倉の中で叫びながら、花房は宴に連なる人々の顔を思い浮かべた。

やっと宮中に戻った定子と、共に過ごせると喜ぶ主上。ふたりの幸福を願いつづけてきた清少納言と女房たち。定子の復権をきっかけに、諍《いさか》いの刃《やいば》をおさめた道長と隆家。

彼らは、花房の不在をどのように感じるだろう。

――中宮さまのお顔をつぶしたと、伯父上はあらぬ疑いをかけられて……。

やっとひとつになる人の輪が、またもやきしんだ関係に陥ってしまう。

「私をここから出せ！　宴にだけ出られればいい。私に何かしたいのなら、宴のあとに必ず戻ってくる！　だから中宮さまの宴に私を……っ」

扉を叩《たた》き叫べども、返事はない。それでも花房は、扉を叩きつづけた。


道長がほんのわずかに顎《あご》を上げただけで、蔵人頭の行成は素早く反応した。

「清音を」

「はい、かしこまりました」

多くを語らずとも敏《さと》く動くのが蔵人である。

行成に命じられ、すぐさま宴席を抜けた清音は、姿の見えない花房を曹司内で捜した。

純然たる後宮ではなく、本来は役所のため、敷地《しきち》内には官吏たちが多く勤務している。

「藤原花房殿？　はて、見かけませんな」

宴の準備に多くの手がかり出され、他人にかまう余裕のない宮人たちは、宴の直前に姿を消した花房に気づいていなかった。

「この職曹司には来ているはずなのだ」

「さてねえ。それよりも、不思議なことがあるものです。ご覧なさい」

宮人のひとりが指さした先には、蝶《ちょう》が列をなして飛んでいた。

「このような奇瑞《きずい》は見たことがない。やはり中宮様がお戻りになったせいでしょうか」

蝶の列はひとつだけではない。見れば庭のあちこちから塀の外へ、幾筋も連なって飛んで行く。蝶の隊列はいずれも東を目指していた。

「不思議なことだ。何があるのだろうか……」


助けを呼びつづけて喉《のど》も嗄《か》れ、息を切らした花房は、額を伝う汗を袖《そで》でぬぐった。

声の限りに叫んでいたため、視界にはチカチカと小さな火花が飛んでいる。

――どうにかしてここから出ないと……。

こんな時、神と仏のどちらに頼めば正解なのだろう。

平安貴族たちは、多数の神や仏を使い分けて祈る。往々にして「神は祟《たた》るもの、仏は救うもの」と言われているが、時には仏も祟るので、どちらの方角の何に祈ればよいのかを見立てるのが陰陽師の役割となる。

――武春、お前ならどこへ祈る？

「誰か……助けて」

嗄れた声で弱々しく呼びかけると、閂《かんぬき》を外す音がした。

「…………え？」

「やはり、お前か！」

陽射しの明るさに、花房は視界を奪われた。

ただ、神か仏の声は、同僚の清音によく似ていると思った。


中宮の白い面から、はじけるような輝きが失《う》せている。

そう気づいた一条帝は、元凶となった花房を恨みかけていた。

気落ちする姉と帝の傍らで、隆家は酔えない酒を重ねていた。

彼は彼で、復帰の宴のあとに、花房とふたりきりで語り合うつもりだった。左遷先の出雲の地で、上級貴族を養う民草の暮らしを知り、世間知らずに生きてきたこれまでをいかに恥じたかを告げたかった。人の上に立つには、大らかな優しさも必要だったと気づいたのだ。

その時だ。冷静な清少納言が、甲高い声をあげた。

「あれは、どうしたこと！」

見れば、雲霞《うんか》のようなものがこちらに向かってくる。

「何事か？」

一条帝が立ち上がり、隆家は妖《あやか》しのものかと太刀を手に取った。

「あれは……」

蝶の大群を引き連れて、こちらへ一目散に駆けてくるのは、花房だった。

蝶たちは、大輪の花の蜜《みつ》に酔うかのごとき勢いで、花房を追ってくる。

「姉上！　花房が蝶の群れを連れて、この宴に参ったのでございます！」

隆家があげる驚嘆の声に、定子も目をこらした。

「これ少納言、簾《すだれ》を」

「はいっ、宮さま」

清少納言が簾を掲げると、定子は顔をさらすのも厭《いと》わず、花房が駆けてくる庭を直《じか》に見やった。蝶の群れが『胡蝶』の舞で翻る長い裾《すそ》に見えた。

「……おお、花房。私のために、あれほどの蝶を集めてきたというのか」

「宮さま、だから花房どのは宴に遅れて、今、はせ参じて」

少納言の弾む声に、定子は瞳を潤ませた。

「わかっていますとも。花房はいつだって、私を喜ばせようとしてくれて……」

色とりどりの蝶とともに息せき切って御前へ現れた花房を、宴席の人々は呆然《ぼうぜん》と眺めていた。〝惑わしの香〟の威力を知らない彼らには、花房がどのような術を用いて、これほどの蝶を率いてきたのか、わかるはずもない。

「姉上。これぞ真の胡蝶の舞でございます。楽人、すぐさま『胡蝶』を奏でよ」

隆家が深い声で命じ、高麗楽《こまがく》の曲に想を得た『胡蝶』の曲が始まった。

息も絶え絶えの姿で中宮の前に立った花房は、何とか背筋を正した。

「中宮さま、お待たせしました。祝いの舞を、献じ奉ります」

汗ばむ花房の衣から立ち上る〝惑わしの香〟。その薫りに蝶たちは酔い、我先にと舞いたわむれた。

「姉上、つたなき連れ舞をお許しください」

隆家は階《きざはし》を駆け下りると、花房の隣で共に舞った。

「なんだ、この薫りは。まるで極上の甘露のようだ。まさか、あの程度で酒の酔いが回ったか……」

一瞬、近づいた隙に隆家が囁く。蝶の群れをまとわりつかせながら、花房はあいまいに笑った。

「極楽浄土の絵巻のよう。私は本当に幸せ者ですね」

うっとりと見とれる定子の肩を、一条帝は静かに抱き寄せた。

「これからは誰の非難も聞かぬ。私はそなたと共に生きていく」

ふたりを祝福するように、蝶と花房は舞いつづけた。

第八帖　生々流転

静謐《せいひつ》を薫りに語らせたら、この館《やかた》に漂う森の香になるのだろうか。

雪と霜の下で春の息吹がひっそりと息づき、花と新緑が歌い出す時を待っている、冬の終わりの森にも似た清らかさと予感に満ちた薫りだ。

武春《たけはる》に連れられてこの館を訪れるたびに、花房《はなふさ》は薫りの森に棲《す》む人の、透き通った悲しみに触れる気がする。

白金の髪に淡い水色の瞳《ひとみ》、透けるように白い肌の持ち主。

特異な外見さえ持たなければ、この陰陽師《おんみょうじ》は隠れ暮らす必要もなく、主上や貴人の前で陰陽《おんよう》の道を説けるだろうに……。

「奈良《なら》の都の時代は、私のような者も渡来し、都人になっていたのですよ」

隋《ずい》や唐《とう》へ日本が遣いを送り、事物が通い合っていた時代には、渡来の知識人や技術者が都路を闊歩《かっぽ》し、髪や瞳の色が違う者も散見された。しかし、京へ都を移して百年後、日本は唐との政治的交流を絶ち、わずかな交易だけが国交の窓口となる。この際、渡来人の多

くは祖国へ帰ったが、日本に帰化した者の血は都に残され、時に表出した。

「この国が唐との交流を絶って百年。私のような者は、生きてゆきづらくなりました」

人前に出られぬ悲しみが、氷宮《ひのみや》の陰陽師の優しさの源泉でもある。

悩み苦しむ人にそっと寄り添い、痛みを吸い取る力は、悲しみを乗り越えて得たものであった。

「蝶《ちょう》の群れに追われましたか。それは危ないところでした」

先だっての宴《うたげ》の話を聞き、青い瞳には同情の色が加わった。

「汗をかいて〝反射の香〟が薄れたのですね。もう少し経《た》っていたら、蝶ではなく人が群がっていたところでした」

「あまり嬉《うれ》しくない図ですね」

ぞっとする花房に、氷宮の陰陽師はいたわるように言う。

「お気をつけにならないと」

蝶の大群と共に『胡蝶《こちょう》』を舞い、帝《みかど》と中宮から褒美の衣を賜り、控えの間に下がった花房を、顔面蒼白《そうはく》になった賢盛《かたもり》が掌《てのひら》に〝反射の香〟を塗り広げ、大慌てで抱え込んだ。

そこでやっと花房は、自分が危機的状況の一歩手前にいたと気がついた。

「あの時は、中宮さまの前にはせ参じることしか頭になくて」

「間一髪だったな。隆家《たかいえ》の目つきは、箍《たが》が外れる寸前だったぞ」

半人前の陰陽師・武春は、二十歳になった元中将の想《おも》いに気づき、警戒していた。純情な人間にとって恋は劇薬である。直情径行の隆家の純情に〝惑わしの香〟の誘発力が引火すれば、あとは推して知るべしだ。

「花房、隆家殿とは絶対に、ふたりきりになるなよ」

「恋など知らずに済めば、人はのどかに暮らせるのでしょうが……」

氷宮の陰陽師は、蛤《はまぐり》の香合に入れた〝反射の香〟を、花房にしっかりと握らせた。

「これからは賢盛殿に任せずに、ご自分で肌身離さずにお持ちなさい」

人の多くは大勢に愛されたいと望むものを、花房はその愛を退けねばならない。なまじ美しいだけに、運命は皮肉だ。だが、花房本人はその不幸に無頓着《むとんちゃく》だった。

「押し倒されるのだけは避けたいなあ。だって怖いもの、ねえ陰陽師さま」

「時に花房殿、左大臣殿はつつがなくお過ごしか」

水色の瞳に問われて、花房は小首をかしげた。

「近頃、しきりに頭痛を訴えていらっしゃいます。時には腰も」

「薬師《くすし》の見立ては」

「働きすぎではないかと」

左大臣に任じられてからというもの、道長《みちなが》は文字どおり寝食を忘れて働いていた。

朝廷の職務は夜明けとともに始まる。大臣や公卿《くぎょう》ともなれば、さすがに夜明けの出仕は許されるが、朝議は真夜中過ぎになることもある。また、執務のみならず、政治的な意味合いを持つ宴会がつづき、その合間にあちこちの女性へ通うとなると、身がひとつでは足りないのが貴族の日常だった。

道長の場合、官庁から上がってくる書類すべてに目を通す権限「内覧」を有している。お飾りの大臣とは異なり、会議にかける案件と帝へ上奏する文書を精査する時間は、いくらあっても足りなかった。

『近頃、満足に馬にも乗っていない……』

花房と顔を合わせるたびに、道長はそう愚痴をこぼす。政務の煩雑さは、道長本来の晴れやかな気性を封じ込めているようだった。

「伯父上は大臣になってから、ほとんど笑わなくなりました」

「お気の毒な。つけこまれなければよいが、悪《あ》しきものに」

陰陽師は空を睨《にら》むと、魔を払った。

「左大臣殿、どうぞご無事で」

「ううっ、痛い」

道長は日ごとに激しくなる腰痛に耐えかね、ついに出仕もままならぬようになった。

「花房を呼べ！」

道長は妻の倫子《りんし》には弱みを見せず、常に強い男として振る舞う。妻に弱音を吐けば、すぐに実家の一族へ話が回り、宮廷中の噂《うわさ》となるからだ。

妻に甘えない分、花房を近くに呼んでは、脆《もろ》い部分を見せる。彼が心底信用するのは、腹心の行成《ゆきなり》と花房だけであった。

「腰を揉《も》め」

大臣職を辞したいという道長の願いを帝は退けつづけ、道長は自邸で執務をする羽目になったが、朝廷の様子は行成から連日連絡が入る。

一条帝《いちじょうてい》は道長を留任させながらも、太宰府《だざいふ》から戻した伊周《これちか》の復帰も視野に入れているようである。それを聞くと、引退を望んでいたはずの道長は俄然《がぜん》、闘志を燃やす。

「出家はしたいが、伊周に天下を取らせるのは癪《しゃく》だ」

「では、一刻も早く快癒なさって」

「お前は、伊周が大臣に戻るのを望んではいないのか」

腰を揉ませながら、道長は花房の反応をうかがう。

「伊周が大臣になれば、隆家も出世するからな」

「なぜ、隆家の出世を私が望むと？」

きょとんとする花房に、道長が苦い顔をする。

「つれないな、深い仲ではなかったのか」

道長は腰の痛みだけに顔をしかめているのではなさそうだ。花房と隆家の仲を、今も誤解している節《ふし》がある。

「お前は中宮や隆家に気持ちが近すぎる。ふたりとは距離を置け」

「隆家はともかく、中宮さまに失礼はできません」

「では、今のうちにご機嫌を取っておくがいい。じきに事情が変わる」

道長の冷たい口ぶりに同調して、行成も小さく頷《うなず》いた。

この怜悧《れいり》な蔵人頭《くろうどのとう》は、道長と中宮兄妹《きょうだい》の不和を進んで生み出している気がしてならず、花房は信用しきれずにいる。

——伯父上のために動いているのはわかるけど……。

道長の部屋を揃《そろ》って辞した時、行成の面構えが豹変《ひょうへん》した。愛想笑いをやめて、本来の策士に立ち返ったのだ。

「花房殿、左府様をお選びなさい。隆家殿たちに肩入れすると、やけどしますよ」

「なぜ伯父上は、隆家をああも毛嫌いする？　あなたの差し金ですか」

「おふたりはよく似ています。似すぎた者は並び立たないものです」

行成は、扇で花房の顎《あご》を持ち上げた。

「左府様は、あなたを誰にも渡したくないのです。だから縁談を持ちかけないでしょう」

確かに十代での結婚が一般的だというのに、道長は結婚の二文字を口にもしない。道長の独占欲のなせるわざであったが、花房にとってはありがたくもあった。

「私は生涯、独り身でよいと思っているのです」

「そして、秘密の恋を隠し通すつもりですか」

意外な言葉に花房は戸惑った。

「……どういうことですか？」

「あなたも、左府様のことを」

行成の言葉に、花房は一瞬言葉を失った。

「お戯れを。伯父に恋する甥《おい》など、おりません！」

「それでもあなたは、左府様と隆家殿の両方に恋している。私にはわかるのですよ」

「恋なんて、歌にある遠い世界の話で……」

「まだお気づきでないとは。あなたが左府様を見る目は、恋に溺《おぼ》れた者の目です」

そんな言い方をされて、みるみる頬《ほお》が紅潮する。道長の力強さに惹《ひ》かれる気持ちを恋と呼ばれるとは、思ってもみなかった。

確かに花房は道長が好きだ。父とも兄とも思ってきた。だがそれは、生まれたばかりの鳥の雛《ひな》が、最初に見た者を慕うのと同じようなものだ。何しろ、生まれた時から側《そば》にいた相手なのだから。

「そんな。恋というと、あんなこととか、そんな真似《まね》とか……」

「初心《うぶ》なのは結構ですが、左府様をお選びなさい。隆家殿は、中宮と一緒に沈みます」

混乱する花房に、凍りつくような声で予言すると、行成は足音もなく去っていった。

ほてりと寒気の両方を覚えた花房は、呆然《ぼうぜん》とその背中を見送った。


——私が伯父上に恋をしている？

行成の言葉が、耳の底に残って離れない。

呼び戻されて、道長の腰をさすっていた花房は、まだ混乱していた。

「どうした花房、熱でもあるのか」

道長が、戸惑う花房の手を止めさせた。

「お前まで病になっては、私が困る」

甥と信じて身を案じる道長の言葉まで、何か特別な意味をもつように思われてしまう。

花房があたふたしていると、武春が見舞いに訪れた。

武春が触れると、道長の腰の痛みがたちどころに引くため、治療にやってきたのだ。

だが、翌日になればまた痛みがぶり返す。これには明朗な武春も眉《まゆ》をひそめた。

「薬も灸《きゅう》も効かないのは、術をかけられている場合が多いのです」

床下に厭物《えんもつ》を埋める呪法《じゅほう》が一般的なため、邸宅の床下を調べてみたこともあった。しかし怪しいものは見つからず、道長が痛みに呻《うめ》く日がつづいている。

「おかしい。何かが呪詛《じゅそ》の通り道になっているに違いないのだが」

武春は、見舞いの品がうずたかく積み上げられた一角に目をやった。

果物や絹布など、宮廷中の貴族たちが贈ってきたものだ。伏せった道長が、見舞いの品で気力を取り戻すよう、多くを部屋に持ち込んでいる。その中でも明るい気持ちにさせるのは、夏を告げる贈答品である色とりどりの薬玉《くすだま》だった。

「これは、どちらから？」

武春が目に留めたのは、ひときわ大きな薬玉である。菖蒲《しょうぶ》と蓬《よもぎ》の香が部屋中に満ちていたが、彼はその薬玉から異臭を嗅《か》ぎとったようだった。

家司《けいし》のひとりが、薬玉の贈り主は高階明順《たかしなのあきのぶ》だと告げる。どれよりも大きく飾り紐《ひも》も豪華なため、よく覚えていたのだ。

「おそらく、この薬玉に術がかけられています」

道長の顔が、怒りのあまり赤黒くなる。

「高階家から贈られたものは、すべて焼き払え！　伊周たちの見舞いと一緒に！」

道長さえ除けば、伊周が天下を取れる、と高階一族が呪《のろ》うのも道理であった。その伊周を遠隔操作し、実権を取り戻す機を、彼らは待ちつづけていたのである。

「道長様、見舞いの品は全部、俺が改めましょうか」

「それでは時間がいくらあっても足りまい」

高階一族のみならず、道長を排除したい勢力には事欠かない。

「では、光栄《みつよし》おじに頼んで、この館に結界を張りましょう」

邪気がいくつも絡み合って、この館に入り込もうとしている。見舞品を焼き払おうが、妖気《ようき》は間断なく忍び寄る。

そこでまずは賀茂《かもの》光栄が屋敷《やしき》の外に結界を張り、武春が屋敷内から魔を払う二重の術で道長にかけられた呪いを撥《は》ね返そうというのだ。

すぐさま呼ばれた光栄は、館の四方を巡って式を使った。目には見えないが清浄な気で館を包み込む。

「これで邪気は外からは入れますまい」

光栄が告げたとおりに、道長はその日からみるみる健康を取り戻していった。

表向きは療養中であったが、このあいだに行成は帝を言葉巧みに言いくるめ、皆が驚く決断を下させた。

――道長の娘・彰子《しょうし》の入内《じゅだい》であった。

それも、今いる定子《ていし》に中宮から皇后へと名称を変えさせ、空いた中宮の位へ彰子を就けるという念の入れようである。

落飾して尼となった定子が神事に参加できないのを落ち度とし、新たな中宮を入れるべきだと、行成は帝を説得した。

彰子が翌年、十二歳になるのを待って、急ぎ入内させようという性急さだ。

すでに父親は亡く、兄の伊周もかつての勢いを失った定子は、叔父の道長を後ろ盾にするしか道はなく、帝ですらこの理不尽な要求を呑《の》まざるをえなかった。

「伯父上、なんということを……」

婚儀のことを聞き、花房は絶句した。

この縁談を漏れ聞いた定子は、愛する夫を従妹《いとこ》に奪われる苦しみを面に出さず、おつきの女房たちも粛々とそれに従った。

翳《かげ》りを見せた定子の房で、清少納言《せいしょうなごん》は煌《きら》めくような随筆をしたためつづけ、機知と笑いで女主人を支えようと、筆致も冴《さ》え渡《わた》る。

「少納言が、今日も笑わせてくれました」

花房がご機嫌伺いに行くと、定子は以前と同じように大切に扱ってくれる。

「私には、大勢の味方がおります。あなたもそのひとりです、花房」

定子の自信のよりどころは、衰えることのない帝の寵愛《ちょうあい》だった。

幼い彰子を中宮として迎える準備をしながらも、一条帝は皇后となる妻を愛しつづけ、定子は再び懐胎した。

「花房、忍んで行くところがある。共に参れ」

夜更けに道長から呼ばれた花房は、慌てて直衣《のうし》を整えると、牛車《ぎっしゃ》に同乗した。

伯父は正妻ふたりの他にも通う女性がいたが、普段は花房を共連れにはしない。

「宴でございますか」

牛車は、貴族の館が集中する二条や三条から下っていく。

異様な沈黙を守る道長の目はぎらついていた。

「どちらへ」

「裏の陰陽師に、祈禱《きとう》してもらうことがある」

まさかと身を硬くする花房を引き寄せると、道長は恐ろしい決意を告げた。

「定子に皇子を産まれて、主上の気持ちを独り占めされては困る。内親王かあるいは死産となるように祈らせる」

「伯父上っ」

これまでは帝への楔《くさび》とされていた定子だが、実の娘の彰子へ寵愛をうつすためには、定子が邪魔になったのだろう。

「それではまるで、高階一族と同じではありませんか」

「何度も呪詛されたら、こちらの考えも変わる」

「相手が卑怯《ひきょう》で下衆《げす》なら、それと同じになり下がるのですか」

政治権力のために、道長は変わりつつあった。

根が一途《いちず》な分、思い詰めると極端に走りがちだったが、定子の死産まで望むとは倫《みち》から外れている。

花房は牛車を戻すように頼んだ。どうしても考え直してほしかった。

「もうよいではありませんか。定子さまから中宮の座を奪って、伊周と隆家が力を失うのならば、この上、何を望みます」

「欲しくなったのだ、何もかも。主上《うえ》の義父として、思いどおりに生きてみたいとな」

「だからといって、人を呪うなど。そんなのは私の伯父上ではありません」

我知らず涙が出た。道長が人の心を失うのを、何とか食い止めたかった。

「お願いですから、引き返してください。今なら間に合います」

「花房……お前、泣いているのか」

道長が、少し驚いたような顔をした。

「伯父上、大好きです。でも、呪詛だけは許せません。人を呪うような伯父上を見るくらいなら、私はこの場で自害いたします」

「私のために死ぬなどと言うな！」

今度はぎょっとしたように、道長が叫んだ。

「では、呪詛はおやめになりますね？」

「お前を失いたくない。それに、人を呪った罰でお前に何かあったら、私は……」

深く首肯した道長は、花房の濡《ぬ》れた目元をぬぐうと、そのまま固く抱きしめた。

「悪心に堕《お》ちるところを、お前が引き戻してくれた。礼を言うぞ」

力強い腕に抱かれ、花房はそっと瞼《まぶた》を閉じた。

子供の頃から甘えてきた広い胸だったが、今、胸に迫る切なさは未知のものだ。

「お前はいくつになっても、甘えるのがうまいな」

花房はそれにうまく応えられず、道長の胸に顔を埋《うず》めた。

一晩中こうしていたい、と初めて願った。

第九帖　花の名前

翌年六月、内裏が焼亡した。

出家した定子《ていし》が再び内裏に参入したのを天が嫌って起きた凶事と、殿上人はまことしやかに語った。

定子への風当たりは強くなる一方で、出産間近になると彼女は中級貴族の平　生昌《たいらのなりまさ》邸へと退出したが、この際、行啓《ぎょうけい》の上卿《しょうけい》を命じられた公卿《くぎょう》は、故障を口実に同行しなかった。道長《みちなが》の顔色をうかがっての所業だった。

内裏は火事のあとも、不審がつづいた。公卿の朝議の席に犬の糞《くそ》が置かれ、内裏の直廬《じきろ》の下に犬に食われた童子の死体が転がっていたのである。

これらの凶事は、定子に反感を持つ者の仕業か、道長に対する嫌がらせか定かではなかったが、彰子《しょうし》の入内《じゅだい》がいよいよ迫ったために引き起こされた化学反応に他ならない。

定子が帝《みかど》の側《そば》を去り、道長の野望に歯止めをかける者がいなくなったところで、彰子が入内した。

叔父の圧力に負けて、十二歳のあどけない従妹《いとこ》を娶《めと》った一条帝《いちじょうてい》の心には、どのような風が吹き抜けていたのだろうか。

皮肉なことに、彰子が一条帝の女御《にょうご》となった同日、定子は親王を出産する。敦康《あつやす》と名づけられた男御子は、運命に抗《あらが》う帝と定子の愛と執念の結晶ともいえた。

慶事と凶事が一度に降りかかったと、道長は歯がみした。その背中を見守りながら、花《はな》房《ふさ》もふたつの気持ちのあいだを揺れていた。大好きな伯父が権力の座を確かなものにしたいのならば、その夢をかなえてほしい。反面、定子と帝の愛の成就を喜んでもいた。

——親王の誕生で、定子さまはまた、帝のお側で暮らせるのだろうか。

だが、定子の幸福を願うのは、同時に幼い従妹・彰子の不幸を意味してしまう。

結婚こそ道長の意のままに甘受した一条帝だが、愛情までは強制できない。

家族と離れて新生活を始めた彰子の心細さを考えると、花房の心はひどく痛んだ。

「お前、ここのところ食が細いな」

膳《ぜん》を運んできた賢盛《かたもり》が、ぶっきらぼうに言う。

「まあ、湯漬けでも食え」

ぬるくなった椀《わん》を手にしながら、花房は我知らずため息をついた。

「主上《うえ》はお心優しいお方だ。きっと彰子さまも大切にしてくださるだろうね」

「道長様みたいに、公平ならばいいけどね」

館《やかた》の主人は、同居する妻の倫子《りんし》と夜を過ごせば、別居の明子《あきこ》のもとへも同じ数だけ律儀に通っている。姉からの預かり物の妻にも、できる限りの誠意を見せているのだ。

「中宮様と仲睦《なかむつ》まじい主上が、果たして公平に振る舞えるか、だな」

人の心は簡単に割り切れず、おのれにもどうにもできない部分がある。

賢盛は、あっさりつづけた。

「道長様が何人もの妻を公平に扱うのは、その誰にも恋していないからだろうし」

「まさか！　伯父上は倫子さまにも、あれほど優しいのに」

花房の目には、ふたりの妻をまんべんなく愛しているように映る。

思わず言い返した花房に、賢盛はどこか疲れたような表情を見せた。

「ご自分でも気づかぬうちに、もっと大切な者を見つけているからだろう」

「え。そ、それは誰だ？　気づかないって？」

そんな相手が道長にいるなど、今まで一度も聞いていない。

湯漬けの椀を宙に止めたまま、花房は不安を隠せなくなった。

賢盛は、しゃっくりのような笑い声をあげると、皮肉っぽく唇をゆがませた。

「そりゃ気づかないだろうよ。想《おも》われている当人だって、女の身を隠しているんだから」

「…………え？　私？」

賢盛は、鈍感な乳兄弟の手から椀を取ると、すっかり冷めた飯をかき込んだ。

「道長様は、お前のためなら命なんて惜しくないと思ってる。ずっと昔から」

「そんな、それは、私が甥《おい》だから」

「あの方が、甥や姪《めい》のために命を捨てるか。お前だけが特別なんだ。それを何と呼ぶのかはわからないけど」

女と知れたら、お前の恋は実るかもしれない……。

その言葉だけを呑《の》み込《こ》んで、賢盛は箸《はし》と椀を膳へと戻した。

「まあ、人生はなるようにしかならないよ。花房、強く生きろ」


定子が敦康親王を出産したことで、彰子の中宮立后は俄《にわか》に難航した。

一条帝が定子を中宮に留《とど》め、親王を次の皇太子に立てることを望んだためだ。

彰子を中宮にし、お飾りの皇后の座に定子を据えられたが最後、最愛の人との暮らしも愛息の未来も奪われてしまうと、年若い帝は察したのである。

道長と一条帝は共にじりじりと焦りながら、折り合いのつかない交渉をつづけていた。

しかし帝の側にいるのは、道長の意を汲《く》んだ行成《ゆきなり》だ。帝が信頼する蔵人頭《くろうどのとう》は、手を替え品を替えて翻意を促し、弟の道長を溺愛《できあい》する東三条院《ひがしさんじょういん》・詮子《せんし》までもが息子の説得に乗り出すに及んで、一条帝もついに押し切られる形となった。

彰子の立后を許可した帝は、半月後には定子を仮の内裏へと呼び戻した。皇子誕生百日目を祝う『百日の儀《ももか》』を行うためである。

さらに二日後には、自ら定子のために笛を奏で、再会を寿《ことほ》いだ。曲は『高砂《たかさご》』だった。数日後には彰子の立后が待っていた。定子をただひとりの后《きさき》とする残りわずかな時を惜しんだ一条帝が、笛の音に乗せた想いは、中宮と女房たちの胸を打った。

——数日後。

定子は皇后に位をかえ、彰子が中宮となって並び立った。

道長は、姪を政治的に抹殺することに成功したのだ。

中宮の座と栄華を奪われ、内裏から再び平生昌邸へ居を移した定子に残された財産は、帝の愛情だけであった。

一方、二月の末に念願かなって娘を中宮の座に据え、三月は我が世の春を謳歌《おうか》した道長は、四月の声を聞いた途端、再び原因不明の病魔に襲われることになる。

腹心の行成と花房に、長男・頼通《よりみち》の面倒を頼むに至っては、死を覚悟した上での錯乱と周囲は青くなった。

「武春《たけはる》、お前の見立てはどうなんだ。また誰ぞが呪詛《じゅそ》を」

言いかけた花房の言葉を拾って、武春が眉間《みけん》にしわを寄せる。

「しているだろうな。館へ来るたびに、漂う邪気が強くなってる」

武春は土御門邸《つちみかど》をくまなく改め、再び厭物《えんもつ》や呪符を探したが、道長に襲いかかる邪気の通り道がわからない。どこからともなく入り込んでは、道長に取《と》り憑《つ》いているという。

「いかなる見舞いの品も手紙も、道長様のお側に置いてはならない」

見舞いの品々は別邸に置き、家司たちが厳しく管理していたが、邪気は以前とはまるで違う強さで道長に押し寄せてくる。

追い払うだけでは追いつかないと察した武春は、陰陽道《おんようどう》の師、安倍晴明《あべのせいめい》と賀茂光栄《かものみつよし》に救いを求めた。

だが、陰陽師ふたりが道長邸を訪れても、以前に張った結界に綻《ほころ》びはなく、邪気が入り込む隙間《すきま》は見つからない。

「誰ぞ奇怪な術を使っていると見える。結界さえ潜ってくる式がいるらしい」

「ならばこちらも、式神を使って、相手の式を返すとしよう」

式を飛ばす能力ならば、晴明と光栄は共に卓越している。

武春を道長邸に残し、それぞれの館に帰ったふたりは、道長を守る式神を準備した。

陰陽師《おんみょうじ》がどこで何をしていても、命じたとおりに動く式神を使うには、契約の場を家にもうけ、指令の基にしなければならない。その基が荒らされぬ限り、式神は命じたままに道長を守り、陰陽師と離れていても状況を伝えつづける。この遠隔操作の式を晴明と光栄とがふたりで行うのは、道長への呪詛が並大抵の手法ではないと感じたからだった。

「病魔退散の護摩焚《ごまた》きは、すでに覚縁《かくえん》が行う手筈《てはず》となっております」

行成は、武春を生きる護符のように道長へ侍《はべ》らせ、発熱と痛みで意識が朦朧《もうろう》としている氏長者へ、冷徹に報告した。

覚縁は僧だ。仏僧と陰陽師の双方に病魔退散を命じるのは一見奇妙に思えるが、霊的世界を生きる二者はどちらも得手不得手の分野があり、相手の得意分野は不可侵が不文律であった。

病悩の原因を突き止めるのは陰陽師の役割であり、純粋な病気と知れた場合は僧が仏法によって退ける。呪詛の場合は陰陽師も退散させる術法を使い、病因が神仏の祟《たた》りの場合のみ、仏僧は一切手出しせずに陰陽の道で解決をはかる。

平安の世において、神と仏は祟るのが常であり、誰がどうして祟るのかを見極めるのは、陰陽師の仕事だ。そのため陰陽師と仏僧が共同し、病魔と対峙《たいじ》するという不思議な構図ができあがる。

武春が手を握っていると、道長は意識を取り戻した。

「ありがたい、武春。お前の手から、熱いものが流れ込んでくる」

身体《からだ》に満ちていた邪気が遠のくと、道長の瞳《ひとみ》には強い光が戻る。

「行成これへ。伊周《これちか》を本官本位に復すよう奏上して、主上の応えは」

「追って沙汰《さた》するとのことです」

「舅《しゅうと》が死にかけているというのに、悠長な……」

道長は気分を害したが、行成は容赦がない。

「主上は伊周殿を憎んでおいでですからね。ことの起こりは、道長様を軽んじたがゆえ」

伊周が増長せず、道長を叔父として立てていれば、九条流藤原《くじょうりゅうふじわら》家は一丸となり定子を守《も》り立てていたものを……と、一条帝の憎しみは、義兄へ集中していた。

「そうか。ならば宮中の様子をくまなく見張れ。誰がこの隙に動くのかを」

病に心は弱っていても、芯《しん》の強さはまだ残っている。病の根さえ見極められれば、この難局は乗り切れると思われた。

行成に細々と指示を下す道長の掌《てのひら》へ熱気を移しながら、武春は時を待った。

鬼神を手足のごとく使う晴明と、彼に伍《ご》する光栄。ふたりが呪詛の術さえ返してしまえば、道長は快癒するはずだった。

しかし、一刻ののちに届けられた二通の文を読んで、武春は愕然《がくぜん》とした。

――我らが屋敷《やしき》に四重の結界が張られ、式神が出ることあたわず。

――東西南北四方にひとりずつ術師立ち、我らが式を封じ込めしか?

道長を助けるために陰陽師がかり出されると先読みした相手によって、すでにふたりの屋敷には幾重にも結界が張られていた。

ひとりに対しひとりの術者であれば、簡単に結界を破れもしたが、対手《たいしゅ》は四方を四人で固めているという。晴明と光栄がひとりの術を破っても、あとの三人が張りつづけている限り、結界は破れない。それで、飛ばそうとした式神は敷地《しきち》内から出られず、使い手のもとへ舞い戻ってきたというのだ。

ふたりの陰陽師は、頼みの綱は道長の側にいる武春ひとりと書き送ってきていた。

とはいえ、武春は式神すら使えない未熟さだ。武器といえば、天性の「破魔・破邪の陽気」だけなのだ。

すでに隣の房からは、病魔退散を唱える加持祈禱《きとう》と、弓の弦を打ち鳴らす音が鳴り響いている。悪《あ》しきものが何かわからないまま、戦いは始まっていた。

「伯父上、今、戻りました」

宮中の仕事を終えた花房が部屋に参じると、道長の病み衰えた貌《かお》が輝いた。

「ここへ、花房」

ずっと付き添っていた武春と交代し、花房が手を取った。それを機に、武春は策を練るために奥へ下がる。

「今日の主上は、いかがであった?」

「当然、伯父上を心配なさって」

他愛のない会話だけで、道長の気は休まるはずだった。が、今日は勝手が違った。

武春が座を外したのが悪かったのか、再び苦痛に呻《うめ》き始めたのだ。

「身体中に、釘《くぎ》か杭《くい》でも打ち込まれたようだっ」

すぐさま呼ばれた武春は、身体をくの字に曲げてのたうちまわる道長の姿に驚いた。

「さっきまでは、落ち着いていたのに」

「伯父上、しっかりしてください」

花房がさすると、道長は全身を引きちぎられたように大声で叫んで、気を失った。

「武春、早く助けてくれ。このままでは伯父上は、呪《のろ》い殺されてしまう」

駆け寄った武春に、花房の袖《そで》が触れた。次の瞬間、武春の全身に痺《しび》れと痛みが走った。

「……っ！」

「何をしている、早く邪気を払ってくれ、武春！」

「花房、お前……」

若い陰陽師は、幼なじみの全身をまじまじと見つめた。

花房の直衣《のうし》の袖口《そでぐち》に青黒く光る邪気が宿り、脈打つように指先へと流れ出ている。

武春は青黒く光って見える、花房の袖を手に取った。軽く触れているだけで、痺れと痛み、そして胃《い》の腑《ふ》がひっくり返るような毒気が伝わってくる。

目をこらすと、袖口にわずかに縫いつけられた青い糸が見えた。その糸の先には、小さな暗闇《くらやみ》がぽっかりと口を開けていた。

「……まさか、お前だったとは」

「私が、何？」

武春は、花房の袖から青黒い糸を引き抜いた。陰陽師の目には、短い糸から花房の手を通じて道長へ流れる、青黒い邪念の筋がはっきりと見えた。

「……こいつだ。この糸が呪詛の糸口で、お前を通り道にしていたんだ」

屋敷の周囲にどれほど結界を張っても、呪詛の込められた糸を衣に縫いつけた花房が出入りしていたのでは意味がない。自ら呪いを運び込んでいるようなものだ。

「私が……呪詛に用いられていたなんて」

糸を用いて花房に呪詛を運び込ませ、晴明と光栄の屋敷を結界で封じた「仕掛け」を思いついたのは、裏の陰陽師だろう。しかし、この糸に呪いを込めているのは別の者だ。

陰陽師は仕掛けをつくり、呪う者の想いを道長へ届けるための道筋を整えただけで、この糸の先では、呪詛を頼んだ張本人が道長の死を願って、どす黒い祈禱をつづけているに違いない。

青ざめる花房の隣で、武春は行成に人払いを命じた。

「私と花房と、賢盛だけにしていただけませんか。直接、この呪詛の主と話がしたい」

め回した。

怜悧《れいり》で知られる蔵人頭は、人事不省に陥った道長を後目《しりめ》に、いかにも未熟な陰陽師をね
「貴殿が道長様を救ってくださるのか？」

「私と花房と、ふたりがかりで。それには、他人の目が邪魔でございます」

「この行成めを、邪魔と」

はい、と武春は即答した。

「あなたのような現実主義者がいると、物《もの》の怪《け》も口を割りません」

悪しき呪詛がすでに通じている場合、断ち切る最善の方法は、相手と話し正体と要求を知ることだ。これこそ陰陽師がなしえる最大の仕事だった。

「呪詛の主と話すか。ならば、控えていよう。ただし、お命救えぬその時は、左府様の随《ずい》身《じん》として、そなたが化野《あだしの》まで添うことゆめゆめ忘るるな、陰陽師殿」

行成はつるりと白い面に抜き身の刃の凄《すご》みをたたえて、隣室へ消えた。

「言われなくても、わかっているよ」

凄まれるまでもなく、対話に失敗すれば、道長もろとも失命する。

入れ違いに、賢盛が入室してきた。武春が少ない言葉で伝えただけで、賢盛はすぐに事情を把握した。

「伯父上、お気を確かにもって。私が、ここにおります」

花房が身をさすると、道長は獣の咆哮《ほうこう》に似た叫びをあげて、のたうちまわった。

「やめろ、花房。お前自身が知らないうちに、呪いの形代《かたしろ》にされている」

賢盛が慌てて、花房を道長から引きはがす。

武春は、花房の白い手を取った。常人には見えないが、花房の手には、どこからか送られた邪念が巻きついている。

「お前、どこかで直衣を脱いだか？」

「それは……皇后様のところでならば。出仕用の直衣を下さるとおっしゃって、御乳母の大輔《たいふ》の命婦《みょうぶ》が仕立ててくださって……」

思い出しながら話す花房に、武春は納得する。

「その時に、衣に呪詛の糸が仕込まれた。おそらく下された衣も同様だ」

花房は息を詰めて、おのが袖を見た。定子を取り巻く女房たちが衣に触れたのは、そういう意図があってのことだったのか。

「一度じゃないだろう。理由をつけて、何度も脱がされて、仕込まれたはずだ」

賢盛が苦々しく告げた。

蔵人としての訪問では、武春を伴えない。そのため、武春の監視から外れた花房は、呪詛の道具としていとも簡単に利用されたのだ。

「お前を通り道にして邪気が通っている。呪詛の糸を長く身につけていたせいだ」

事態の深刻さを受け止めきれずにいる花房の手を、武春は再び包み込んだ。無数の棘《とげ》が花房の手から道長へ駆け抜けていくのが見える。

花房との絆《きずな》を利用して、呪詛は道長へ流れ込む。花房に対して無防備な道長は、それすらも拒まずに受け入れていた。

ふたりの肩を、賢盛が後ろから抱いた。

「それで、どうすればいいんだ、武春」

「俺たち、子供の頃から道長様に、可愛《かわい》がってもらったな。花房はともかく、俺なんか声すらかけてもらえない身分なのに、馬までくださった」

「そうだ。ありえないほど可愛がっていただいたな」

賢盛が懐かしげに笑う。武春は乾く唇をなめた。

「いつかご恩を返す時がきたら、命がけでお返しするつもりでいたんだ。それが、今かもしれない」

花房は神妙に頷《うなず》いた。

「私も同じ気持ちだ、武春。手立てはあるのか」

「ああ。ただし、ひとつ間違えば俺もお前も命はない。その命、俺に預けてくれないか」

花房は幼なじみの真摯《しんし》な瞳をのぞいた。迷いを捨てた色に満ちている。

「何でも言ってくれ。何でもする。伯父上を救うためなら」

武春は、花房の袖に仕込まれていた青い糸を炭櫃《すびつ》に放り捨てた。紫色の炎とともに腐臭が立ち上る。

「この糸が、邪念の入り口だ。でも、これで出入りできなくなった。邪念は道長様に取り憑いたまま、苦しめている」

苦悶《くもん》する道長を心配する花房の肩に、武春が手を置いた。

「衣を脱げ、花房」

「……………え？」

花房はぽかんとした。めったに動揺しない賢盛も、同じような顔をしている。

「裸になれと言っている。道長様と肌を合わせるんだ。この場には、俺と賢盛しかいない。誰もお前の秘密には気づかない」

「この私が、裸に⁉」

「道長様から邪気をお前に移して、憑坐《よりまし》に使う。賢盛は、道長様の衣を解いて」

言われて花房は混乱した。道長を助けたいと思う前に、道長と肌を合わせることが、顔から火が出そうなほど恥ずかしい。

「ちょっと待って！　伯父上の裸の胸に抱かれるだなんて……！」

躊躇《ためら》う花房を、すでに意識のない道長の衣をゆるめながら、賢盛が鋭くいなした。

「おい、ここで深窓の姫君に戻ってどうするんだ。道長様をお助けして、さらに相手に気づかれずに抱きつける、一生に一度の好機じゃないか。迷わず脱げ、花房。脱いで、お前の想いをぶつけろ！」

「はいっ！」

一喝されて我に返った花房は、逡巡《しゅんじゅん》を捨て去ると、衣の紐《ひも》を解いた。

——伯父上を、救えるのならば……！

もう恥じらいはなかった。

ただ道長だけが大切で、その一念で花房は生まれたままの姿になった。

裸体を正視しないように遠慮しながら、武春は花房を道長の衣のうちへ入れた。

「道長様を助ける。その気持ちだけ離さずに、抱いていろ」

「わかった、武春……。私はどうなってもいいから、伯父上を頼む」

意識を失ったまま魘《うな》される道長を、花房はぎゅっと抱きしめた。

何度となく甘えた広い胸だ。それなのに、肌身に直《じか》に触れた途端、花房の全身には甘い痺れが走った。高熱に浮かされる道長の体温が、そのまま肌にしみこんでくる。

「伯父上……」

道長が命の瀬戸際にいるというのに、花房は幸せだった。

好きという気持ちは間違いない。だが、これが恋や愛というものと同じなのかは、やっぱりまだ、花房にはわからない。それでも、いざ抱き合えば嬉《うれ》しさに息が詰まって、このまま死んでもいいとさえ思えてくる。

　――あなたさえ助かれば、私の命などいりません。

　若い陰陽師は傍らで見守る賢盛へ、まっすぐな瞳を向けた。

「取り憑いたやつの正体を明らかにする。もしも相手の邪気が強ければ、俺と花房は乗っ取られるかもしれない。もしもそうなった時には……」

　賢盛が佩《は》いている太刀に、武春は視線を移した。

「お前の手で、俺と花房を斬《き》れ」

「……それで、道長様は助かるのか」

「俺は乗っ取られても、邪念だけはつかんで離さないようにする。そうすれば、念を送りつづける主も、俺と一緒に事切れる……かもしれない」

　語尾がいささか弱いのは、陰陽師としての未熟さゆえだ。

「わかった。遠慮はしない」

　賢盛が太刀の柄《つか》に手をかけたのを確かめ、武春は道長の首筋に指先を置いた。

「俺は呪法《じゅほう》は使えない。……臨《りん》、兵《びょう》、闘《とう》、者《しゃ》、皆《かい》、陳《ちん》、列《れつ》、在《ざい》、前《ぜん》。この九文字に力を吹き込めないんだ。でも、邪悪な者に対する怒りは、誰より大きい」

　長身に気をためると、武春は鋭く問いかけた。

「そは何者ぞ！　左府道長様に取り憑く邪《よこしま》なもの、名乗られませいっ」

『ぎゃあああっっっ！』

道長の全身が宙に舞うほどに跳ねた。

「離すな、花房。これから、そいつがお前の身体に入るからな。どれだけ苦しくても、道長様を救うことだけ考えて、耐えろ」

「やってくれ、武春」

花房は目をつぶり、道長の身体にしがみついた。

「もう一度問う。名乗られませいっ」

武春の言葉に込められた破魔・破邪の〝気〟が放たれる。

名を問われただけで、取り憑いていた邪気が苦しみだした。武春の放つ陽の気は、それほどに強い。

すぐに邪気は、花房の身体へ逃げ込んだ。青黒い闇《やみ》が金属質の光を放ち、炸裂《さくれつ》した。

──入った！

目を閉じていても、花房にはそれがすぐにわかった。背筋を這《は》いのぼる、どす黒い塊の存在を感じる。

武春は花房の背へ手を回すと、邪気の逃げ場を封じた。

呪詛の糸はすでに燃えて灰となり、邪念はどこにも逃げられない。ただ、花房の中で暴れるばかりだ。

——痛いっ！　熱くて、冷たくて……身体の中から、千切られていくみたいだっ！

邪念に攻撃される痛みに、花房は絶叫した。

跳ね回る花房の身体を、武春はきつく抱きしめる。

「そは誰ぞ。返答せねば、こちらから問う。——伊周殿か」

応えの代わりに、花房が獣のように吠《ほ》えた。

目には見えない悪しきものが確かに存在し、花房を苦しめている。追い詰める武春の顔はみるみる紅潮し、全身が光り輝くもので膨れあがった。

「重ねて問う、高階《たかしな》の家の者か」

『そのような下賤《げせん》の者ではないわっ』

武春の光に耐えかねて、邪なものはついに口をきいた。

陰陽師はさらに力をこめる。

「ならば、皇后様か？」

再び花房が絶叫し、男ふたりを乗せたまま身体が宙を跳ねた。

「汝《なんじ》は、皇后定子様かっ」

『そのような名で呼ぶでない。皇后ではないっ。中宮さまと呼ばぬかっ』

取り憑かれた花房の口は、耳まで裂けたようにカッと開かれ、低くざらついた声を発した、ように見えた。

『おのれ道長、胴欲な！　呼んでなるものか、中宮さまを皇后などと、死んでも呼んでなるものかっ！』

武春と賢盛は、息を呑んだ。

対話にこぎつけた。あとは相手の名を割り出せば、この呪詛を返すことができる。

「お前は誰だ。中宮様か？」

『まさか』

苦悶しながらも、相手は正体を明かそうとしない。

呪詛の邪念は、呪う本人の知らぬところで独自の意思をもち、ことを有利に運ぼうと暴れる習性がある。正体が知れれば、呪詛は覆されると本能で知っているため、最後まで名を告げずに抵抗するのだ。

手強《てごわ》い相手に、武春は誘導をかける。

「悪しきもの、汝はかつて中宮と呼ばれていた、皇后定子様と判じて相違ないな？」

『違うっ、中宮さまではない！』

「では名乗れ。名乗らぬのなら、皇后定子様と断じて、帝に奏上する」

『それだけはならぬっ！』

「定子様、あなたが呪詛の企《たくら》み、帝へ早馬にて奏上いたしまする」

ひどく静かに、賢盛が告げた。

よく通る声に本気を感じたのか、花房の姿をしたものは、急に声色を変えた。

『ならぬ、中宮さまを苦しめてはならぬ、それだけは許してたもれ……っ』

「では名乗れ！」

『……っ！』

絶叫とともに、花房の口を借りて、呪詛を念じた本人が、ついに名乗りをあげた。

『宮さまのおためなら、鬼にも蛇にもなりまする！』

花房の全身が、びくりと震える。

「汝の名を聞いたからには、呪詛はそっくり送り返そう。悪しきもの、汝を縛り、断ち、砕き……」

武春は抱きしめていた花房を床に据えると、その額に手をあてた。

「……破るっ！」

光の輪がはじけた。

花房の身体は海老《えび》反りになって跳ね、床に落ちるとそのまま動かなくなった。

同時に、花房の身体を突き抜けた青黒い塊が館を飛び出し、彼方《かなた》へと飛び去った。

消えていった方角には、皇后定子が住まう平生昌の館があった。

隣室で、怨霊《おんりょう》鎮めの騒動に耳をそばだてていた蔵人頭の行成が、静まりかえった部屋へおそるおそる声をかけてきた。

「……陰陽師殿、そちらへ入ってもよろしいか」

意識を失ったままの花房を、賢盛は慌てて衣で包んで抱き上げた。

「どうぞ。道長様は、これにて持ち直すはず……と信じています」

語尾はまだ、自信のなさを反映して弱々しい。

道長に取り憑いていた邪念を退散させた武春は、目眩《めまい》にふらつきながら立ち上がった。

その顔の先で、行成が手を差しのべていた。

「お手柄であった。後日、左府様から褒美が届きましょう」

生まれて初めて一人前に扱われたひよっこ陰陽師は、照れくさそうにかぶりを振った。

「それはずっと昔から今日まで、浴びるように頂戴《ちょうだい》しています」

＊　＊　＊

中宮から皇后へと位を替え、栄華の極みから追われた定子であったが、一条帝が注ぐ愛は変わりがなかった。

現に、道長が病床についているあいだにも内裏へ招かれ、夫婦水入らずの時を過ごし、愛の証《あかし》となる三度目の受胎で、定子の幸福はさらに増していた。

道長を政治の頂点に据え、定子を第一の妻として愛せるのならばそれで……と、一条帝も朝廷平和の絵図を思い描いていた。

病で弱気になった道長ならば、仲よくやっていけるだろう。

そう考えていた矢先に、事は起こった。

藤原行成が、内密の文書を奏上してきたのだ。

「こ、これはまことか!?」

絶句した主上に、蔵人頭はかすれた声で告げた。

「もはや庇《かば》いようがございません。皇后様に飛び火させぬだけで、精一杯でございます」

「……定子は、泣くであろうが……」

一条帝の苦渋の判断に、行成は頭《こうべ》を垂れた。

「御意。すみやかに処理いたします」

道長にかけられた呪詛を返して数日後、ようやく体力を取り戻した花房は、蔵人頭の行成と共に定子を訪ねた。

すでにせり出した腹をさすりながら、定子は幸せに輝いて見えた。

「健やかに生まれてさえくれれば……」

まだ見ぬ我が子を思い、満ち足りた母の顔で微笑《ほほえ》んでいる。

主上との愛の結晶を授かること、三度。たとえ中宮の地位を追われても、定子ほど愛された女性はいない。

それを知るだけに、これから告げる真実で、定子の顔を曇らせたくはない——と、花房は表情を翳《かげ》らせた。

「皇后様、お人払いを」

行成が低い声で告げる。

有能な蔵人頭が定子へ人払いを進言するたびに、政局が動く。この冷たい行為が、どれほどの数の幸福を奪っていったものか。数える指は十指では足りない。

しかし、定子は「いいえ、このまま」と気丈に応じた。

「どうぞ。今さら、何を知らされても驚きません」

花房が奏上の文書をそっと渡す。

それをひらいて書面に視線を走らせると、定子は顔色を失った。

「……まさか」

色を失ったままの唇が、かすかに震えている。

「なんという罪を犯したのでしょう、あの人たちは……」

……私のために。

それは、つづけてはならない言葉だとわかっていて、定子は絶句した。

蒼白《そうはく》の面のまま動かない定子へ、花房は言葉を選びながら気持ちを伝えた。

「私にも……私のためとあらば、たとえ火の中にでも飛び込んでくれる者がおります。乳兄弟の賢盛と、幼なじみの陰陽師・武春、そして乳母、菜花《なばな》の局《つぼね》です。私の苦難を払おうとする時には、どのような辛苦も厭《いと》わないはずです。彼らならば、ただ私を想うゆえに、人の心を捨てるかもしれません」

賢盛と武春は、いつも側にいてくれる。憑坐をつとめて一時は生死の境を彷徨《さまよ》った花房が、数日の休息だけで体力を回復したのは、寝ずの看病をつづけた乳母のおかげだ。

「そなたの周囲の者たちは、さぞかし優しいのでしょう」

「はい、皇后様のお側に仕える女房と同じように、優しく強い……」

誰よりも定子に優しく、彼女が最も信頼していた者の犯した罪が、書状にはしたためられていた。

「少納言《しょうなごん》……私のために。そして乳母めも」

定子は宙を仰いだ。溢《あふ》れる涙がこぼれるのを耐えているかのようだった。

ふたりは定子を愛するがゆえに、その幸せを奪っていく道長を呪詛した。

本来、清少納言《せいしょうなごん》は人を呪うような気質を持ち合わせてはいない。呪詛は乳母・大輔の命婦が思いつき、清少納言の想いも利用したようである。

愛が深い分、人は時に闇へと落ちる。裏の陰陽師たちは、清少納言の想いを生き霊として利用した。

誇り高さが涙を押し戻し、定子はいつもの笑みを取り戻した。

「左府に、いえ叔父上にかけられた呪詛は、陰陽師が無事に返したのですね」

「はい、賀茂武春が無事に退散させました。ただ、その……少納言どのは、今いずこに？」

「数日前より、伏せっていると聞いています」

「そうですか……」

花房はそれより先を言えなかった。呪詛を返された場合、呪いは何倍にもなって本人に返ってしまう。それがどのような形で返るかは神のみぞ知るだが、例外はない。

言《い》い淀《よど》んだ花房の言葉の先を、定子はすでに理解していた。

「此度《こたび》の咎《とが》は、私が引き受けましょう」

「皇后さま、いけません！」

「いいえ。これは、少納言が私のために犯した罪です。罰はこの定子が受けます」

言葉は意思をもって放たれた瞬間から、魂がこめられる。

定子の確固たる意思が、祓《はら》い返された呪詛を引き寄せるだろうと、花房は直感した。

「叔父上のみならず、花房まで殺しかけたのですから、当然のことです」

いつかの辻占《つじうら》の声が、定子の頭をよぎる。

『道長が』……『災い』『滅ぼす』……『彼女は……』『終わる』……。

――これが、そうだったか。

定子は、文箱《ふばこ》に奏上文をおさめると、きりりと頭を上げた。

「花房、これからは主上の御用以外は、私のところへ立ち寄ってはなりませんよ」

禍根は完全に断たねばならない。花房が皇后内裏へ出入りすれば、また同様の事件が起きるかもしれない。

これは花房と、定子を取り巻く女性たちの、双方を守るための別離だ。

蔵人頭の行成の前で、皇后自ら公式の訪問以外を禁じると言えば、花房は二度とここへは立ち寄れなくなる。

覚悟を決めた定子は美しかった。その堂々とした態度に、花房は圧倒されたように平伏《ひれふ》した。

――あなたほど気高い女性を、私は知りません。

湧《わ》きそうになる涙を奥歯で嚙《か》み殺《ころ》して、花房は涼しく問いかけた。

「文を……、季節の便りの文を差し上げても、よろしゅうございますか」

定子は静かに頷くと、女房を呼んだ。

「庭にいる、あれを花房に贈りたい。つかまえてきてくださない」

定子の一声で、女房たちは我先に庭へおり、草花のあいだを探し始めた。

しばらくの後、皇后定子は扇の先へ蝸牛《かたつむり》を鎮座させ、花房へうっとりと笑いかけた。

「私の庭は狭くて、この子には気の毒です。道長叔父の広い庭で、大きな胡蝶《こちょう》になるまで育ててくださいな」

「……皇后？」

「蝸牛もね、育て方次第では、胡蝶になるのですよ」

謎《なぞ》かけのような言葉に、花房は戸惑った。

「蝸牛には、男子《おのこ》も女子《おなご》もないの」

花房の驚きに満ちた瞳に、宮廷一の大輪の花は、愉快でたまらないと、また笑う。

「私の少納言が心惹《ひ》かれたのですもの、気づかぬ方がおかしいでしょう」

男に興味のない清少納言が、はからずも揺れた件で、定子はかねてよりの疑念を確かにしていたのだ。

「あなたの秘密など、とうにお見通しです」

咎める色のない定子の笑みに、花房は愕然とする。

「それを……ご存じで、それでも何もおっしゃらずに、私をお側に寄せてくださっていたのですか」

帝にも道長にも、自らの兄弟や高階の一族にも、定子はこのとてつもない秘密を告げなかった。それをすれば花房が、ひいては後見の道長までもが破滅すると知っていて、それでも言わなかった。

「なぜ……」

男と偽って生きる花房を、何年ものあいだ、憐《あわ》れんで見守っていたというのか。

不安に揺れる花房に、定子はもう一度、笑ってみせた。

「無粋なことを」

蝸牛は雌雄同体の生き物だ。別れ際の下しものにそれを選んだのは、定子が最後に見せた茶目っ気だった。

花房は、扇子の上の蝸牛にそっと触れた。

「いただいた蝸牛、この花苑《はなぞの》に舞い戻れるような、大きな胡蝶に育ててみせます」

「それでこそ花房です。たとえ離れていても、お前はこの私が可愛いと思った……」

従妹《いとこ》、とは言葉にせず、定子は小首をかしげてみせた。

花房は、目には見えない腕《かいな》で抱きしめられた気がした。

「花の女王は牡丹《ぼたん》と申します。私にとっての牡丹の花は、終生、皇后さまおひとりでございます」

「ありがとう。ならば牡丹を見るたびに、この私を思い出してください」

「忘れはしません、今まで受けた御恩の何ひとつ」

花苑の女主人は、別れの際まで輝いていた。

定子の前を辞した花房は、牛車の中でそっと涙した。

――そして、花房を乗せた牛車は進む。

別離の嘆きと生臭い政略をひとつに乗せて、ゆっくりとだが一歩一歩、花房はあゆみを進める。

後戻りのできない一本道を、ひたすら前へと。

＊　＊　＊

室には、山と積まれた政務書類へ目を通す藤原道長の姿があった。

呪詛の穢毒《わいどく》からの回復はめざましく、あとは出仕の機を見計らっているだけだ。

より効果的に政治の表舞台へ復帰しようと、道長は時を待っている。

「それでも、無理は禁物です。少しはお休みになりませんと……」

見舞いに訪れた妻の倫子に気づいて、道長は仕事の手を止めた。

「心配しなくても大丈夫だ。たまった書類を片付けるのが先決」

政治の世界に女性は口を出せない。しかし、実家の一族を味方につけて、後方の支援をするのは妻の才覚である。

気づかう倫子の声に、並々ならぬ温かみを感じて、道長は振り返った。

「いや、言われたとおりに休もうか」

道長は書類疲れの目をひらくと、秋が行き過ぎようとしている庭へ、視線を滑らせた。

「いい眺めだな」

秋の終わりに恋をして、次の春へ命をつなごうと、庭のあちらこちらには蝶のつがいが舞っている。

「……倫子殿。私は死にかけた時に、不思議な夢を見た」

「それは、どのような？」

「私が蝶となって百花薫る花苑を舞い飛ぶ、いとも幸福な夢だった」

「まあ……」

道長は広い庭園を見渡し、人が死の瀬戸際に見るという不思議な夢を思い出した。

自分の身体が大きな蝶になり、連れ舞う蝶も全身が虹色《にじいろ》に輝いていた。

夢の中で、連れの蝶はたびたび姿を変えては、道長を戸惑わせた。蝶となって舞い飛んでいたのに、風のそよぎで蝸牛に姿を変じ、虹色の殻に閉じこもる。蝶と見れば蝸牛に化け、またも飛んでは誘って。

しばし共に舞っていたはずなのに、いつしか蝶はかき消え、道長は迷子になって——。

「あの蝶がどのような意味なのか、わからずじまいだ」

倫子は、少年のような夫の口ぶりに、ふと笑みをこぼした。

「殿に迷いは似合いませぬ。どうかこのまま、まっすぐに進まれますよう」

道長は頷き、倫子の手を取った。そして夢の中の蝶の薫りを、ぼんやりと思い出す。

頭の芯が痺れて、舞い踊りたくなるほどの、あの薫り。

幸福で全身が蕩《とろ》けるほどの陶酔も、所詮《しょせん》は夢である。

道長は、身のうちを駆け巡った至福の記憶を、胸の奥へとしまい込んだ。

＊　＊　＊

冬が訪れて、皇后定子は産み月に入った。

産みの苦しみの中、定子は一条帝と綴《つづ》った愛の日々を思い出す。

その結晶が、今まさに生まれんとしている。

遠のく意識のなか、定子は赤子の泣き声を聞いた。

——男子でも女子でもいい。この子が幸せになれば……。

それきり、定子の意識は途絶えた。

皇后定子は悪露《おろ》がおりずに、内親王出産の翌日、死出の旅立ちをした。

彼女の笑顔を勝ち取りたいと、大勢の女房たちが競った季節は、内親王の誕生とともに幕を閉じたのである。

果たして、皇后定子の死は、呪詛が返った結果だったのか。

本人の意識しないところで呪詛の送り主となっていた清少納言は、定子の死後、失意のうちにしばらく蟄居《ちっきょ》した。少納言の想いを利用して、実行の手筈を整えたとされたのは、定子の乳母・大輔の命婦だったが、この乳母も夫の赴任に従う形で都から日向《ひゅうが》へと追い払われ、表向きはすべて何事もなく済まされた。

だが、道長を呪った報いは、彼女らの最も望まない結末を迎えたのだ。

そして、渦中の左大臣は、姪の定子が産んだ敦康《あつやす》親王の養い親に、おのが娘である彰子を立てることに決めたのだった。

＊　＊　＊

やっと健康を取り戻した道長は、晴れやかな男に戻っていた。

「今日も伯父上は元気だ」

出仕前に馬場で馬を駆る道長を見て、花房はほっとする。

花房は厩舎《きゅうしゃ》から引かれてきた愛馬を見上げ、鞭《むち》のしなり具合を確かめた。

「今日から私も、蔵人に出世するらしいが。その前にひと走りしようか」

慕った皇后とは死に別れたが、残された自分は大切な伯父と友と一緒に生きていく。

定子の死で流した涙も涸《か》れて、出仕をすれば殿上人と共に笑い、何事もなかったかのように日々を過ごすのだ。

命の儚《はかな》さ、空《むな》しさを胸に刻む暇もなく、宮廷は動いていき、花房はその則《のり》に従っていくだけだ。

――しかし……清少納言は、これからどうやって生きていくのだろう……。

心配といえば、そのことだった。

敬愛する定子と死に別れ、自らも高熱で寝付いた少納言は、再び目覚めた時、あらゆる記憶を失っていた。花房へのかすかな想いも、道長への呪詛のことすらも。

ただ、喪《うしな》った定子のことだけを覚えていた。誰を恨むでもなく、ひたすら女主人との華やかな日々を思い出しながら、日々を暮らしているという。

その様子を想像するだに、花房の胸は痛む。

「少納言は、宮さまへの想いをずっと抱いていくのかな」

「だろうなあ。あの少納言が、他の誰かに気を移すとは考えられない」

花房の隣へ、自らの馬を引いてきた賢盛は、思い出したように軽く震えた。

「お前に憑いた時のあの姿。そりゃあ凄《すさ》まじかったんだぞ。まず想われた方だっておっかなくて、逃げたくなる。俺なら逃げるよ」

「ひどいな賢盛。少納言は、実は可愛い方なのだよ」

一度だけ触れた唇の柔らかさを思い出し、花房はわずかに頰《ほお》を赤らめた。

「女性の唇は柔らかいって知ってるか、賢盛？」

「まあね。俺はこのとおりの美貌《びぼう》だから、男も女も唇くらいは知っている」

「……えっ？」

思いもかけない発言に、花房は目を丸くする。

「それより走ろうか。お前に悩みは似合わない。いろいろ考える前に、走るが先だ」

乳兄弟に促され、花房は愛馬にまたがると、走る合図の鞭を軽くいれた。


「ねえ、私は幸せ者だよねえ」

「ああ、俺が一生守っていくんだ。幸せ者に違いない！」

風に千切れた賢盛の声は、一馬身先を駆ける花房の耳には届かない。

「三国一の幸せ者だよ！　俺ももれなく付いてくる！」

武春の声も、後ろへ飛んでいく。

「ふたりとも、何か言ったか？」

「別にー！」

ふたりの青年が風にまぎれさせた想いを聞いた駿馬《しゅんめ》は、返事のかわりに、馬場を一直線に駆け抜ける。

鞍《くら》にまたがる花房は、重い殻を背負った蝸牛ではなく、軽やかに舞う胡蝶に似ていた。

あとがき

藤原道長《ふじわらのみちなが》との出会いは、小学校四年生のとき。都下M市に生まれ育った私は、自宅から徒歩五分にある「青少年の家」を遊び場として利用しておりました。

この遊び場で、何より嬉《うれ》しかったのは、大人向けの書籍が自由に読める図書室でした。当時の私は、『源氏物語《げんじものがたり》』が読みたくて、この図書室へ日参し、抄訳本を手にしていたのですが、そのそばに『大鏡《おおかがみ》』『栄花物語《えいがものがたり》』なる本が並んでいるではありませんか。

これらを無視できるはずはございません。早速読めば、藤原道長の華麗なやんちゃぶりに胸をときめかせてしまいました。

甥《おい》の伊周《これちか》との弓争いでは、強気の発言と連続して的に命中させる豪腕の持ち主。優雅な平安貴族のイメージを裏切る俺様ぶりに衝撃すら覚えました。

「こんな人が、伯父にいたら、どれほど楽しいことか！」

更に司書さんは、もう一冊の名著を薦めてくれました。『枕草子《まくらのそうし》』です。

藤原道長は『源氏物語』を執筆する紫式部《むらさきしきぶ》を支えたスポンサーであると同時に、『枕草子』にもたびたび登場している重要人物です。

この『枕草子』との出会いで、『大鏡』と『栄花物語』の藤原道長を中心に、『源氏物語』と『枕草子』が両翼に連なり、私なりの平安絵巻は完成しました。

貴族の女性たちが、女房づとめをする以外は、深窓に閉じ込められていた時代——、男と身を偽ることで自由を得、道長という権力者に可愛《かわい》がられつつ宮中を泳ぎ回れたら、さぞかし波乱に満ちた人生が待っているだろうと想像したものでした。

このたび、幼き日の妄想を形にするチャンスに恵まれた私は、本当に幸せ者です。

また『枕草子』にあるエピソードに一部創作を加えたのは、清少納言《せいしょうなごん》へのリスペクトだとご了承ください。

幼き日の妄想には、続きがあります。『源氏物語』の光源氏《ひかるげんじ》のモデルとなる人物が、本当に存在したら、はたして道長とどう関わったのでしょうか。

大きな秘密を抱えながら、魅力的な男子の間で右往左往してみたいとか、あるいは姫君たちの日常や陰陽師《おんみょうじ》の活躍をのぞき見たいとか、不埒《ふらち》な想《おも》いは尽きません。

拙《つたな》い妄想の翼ですが、千年の時空を超え、もっと自由に飛翔《ひしょう》できればと思っています。

そして、素敵なイラストをつけてくださった、由羅《ゆら》カイリ先生に最大の感謝を。

二〇一七年八月吉日

東《あずま》　芙美子《ふみこ》

『桜花傾国物語』、いかがでしたか?

東《あずま》　芙美子《ふみこ》先生、イラストの由羅《ゆら》カイリ先生への、みなさまのお便りをお待ちしております。

東芙美子先生のファンレターのあて先

〒112-8001　東京都文京区音羽2-12-21　講談社　文芸第三出版部「東芙美子先生」係

由羅カイリ先生のファンレターのあて先

〒112-8001　東京都文京区音羽2-12-21　講談社　文芸第三出版部「由羅カイリ先生」係

N.D.C.913　270p　15cm

東 芙美子（あずま・ふみこ）
東京都在住。アパレル企業、テレビ番組制作プロダクション勤務を経てフリーの放送作家に。ドキュメンタリー番組、情報系番組等を手がける。歌舞伎と歴史・時代モノが大好物。
他の著書に『梨園の娘』『美男の血』などがある。

講談社X文庫

white heart

桜花傾国物語《おうかけいこくものがたり》

東《あずま》 芙美子《ふみこ》

●

2017年9月4日　第1刷発行

定価はカバーに表示してあります。

発行者——鈴木　哲
発行所——株式会社 講談社
東京都文京区音羽2-12-21 〒112-8001
電話 編集 03-5395-3507
販売 03-5395-5817
業務 03-5395-3615
本文印刷ー豊国印刷株式会社
製本———株式会社国宝社
カバー印刷ー半七写真印刷工業株式会社
本文データ制作ー講談社デジタル製作
デザインー山口　馨

ISBN978-4-06-286953-9